Das U-Boot auf dem Berg

Für meine Tochter Nele

Ulrich Fasshauer

Das U-Boot auf dem Berg

TULIPAN VERLAG

Es darf auch etwas Großes sein

Fische können nicht ertrinken. Als ich fünf war, stand der Schwimmlehrer bei den Sprungböcken und hat in Richtung des gegenüberliegenden Beckenrandes gezeigt. Er hat uns mit Schaumstoffbrettchen in der Hand ins Wasser geschubst und alle sind hustend und planschend drauflos. Nur ich presste die Arme an den Körper, machte die Beine ganz gerade und sank. Der Druck auf meinen Ohren nahm zu, während sich das laute Gekreische der Schwimmhalle in dumpfen Klangbrei verwandelte. Die Beine der anderen strampelten davon. Ich atmete aus. Blubberblasen stiegen wie Quallenbabys in den Himmel. Ich sank auf den Grund. Hier war es still und ruhig. Ich war ein Fisch. Ein Tiefseefisch. Irgendwann wollte ich Luft holen. Aber die Luft war weit oben. Mein Puls begann zu rasen. Es wurde dunkel.

Als ich wieder zu mir kam, lag ich neben dem Beckenrand, der Schwimmlehrer hockte über mir und war stinksauer auf mich. Er wollte wissen, was mein Problem sei.

»Es gibt keine Probleme«, hustete ich, »es gibt nur Herausforderungen.«

Den Spruch hatte ich von meinem Vater. Er mag das Wort »Problem« nicht. Durch Herausforderungen wächst man, sagt er. Er liebt Herausforderungen über alles. Auch den Umzug hat mein Vater als eine Herausforderung bezeichnet. Wir sind nämlich vor Kurzem von der Stadt aufs Land in eine alte Windmühle gezogen. Die Mühle liegt in Groß-Solin auf dem Soliner Berg. Groß-Solin besteht aus der Mühle und dem Reiterhof gegenüber. Und der Soliner Berg ist auch nicht wirklich ein Berg, sondern eher eine Beule in der Landschaft. Es ist ziemlich windig hier oben. Kein Wunder, dass man hier eine Windmühle gebaut hat. Leider sind keine Flügel mehr dran. Zuerst war ich enttäuscht, aber dann habe ich vom Fenster meines Zimmers aus die Ostsee gesehen.

»Warum sind wir hierhergezogen?«, will ich beim Frühstück von meinen Eltern wissen. Sie rühren in ihren Kaffeetassen.

»Wieso fragst du? Gefällt es dir nicht?«

Und dann reden sie wieder auf mich ein. Mamas Stelle als Ärztin im Krankenhaus, die Natur, die Nähe zum

Meer, die gute Luft, die Apfelbäume im Garten, die Ruhe fern von der hektischen Großstadt. Ist es nicht toll, in einer alten Windmühle zu leben?

»Sieh es mal so«, sagt mein Vater und schiebt sich einen Löffel Müsli in den Mund. »Ich weiß, dass es schwierig für dich ist. Du wirst aus deiner gewohnten Umgebung gerissen, du siehst deine alten Freunde nicht mehr, du kommst auf eine neue Schule. Die ist weit weg. Der Schulweg ist anstrengend. Du kennst kein Schwein. Dich kennt kein Schwein. Alles ist komisch und alle finden dich komisch, weil du Weltmeister im Schweigen bist. Nimm es als Herausforderung!« Er nimmt einen Schluck aus der Kaffeetasse. Mein Vater arbeitet von zu Hause aus für eine Computerfirma. Er bekommt täglich neue Herausforderungen per Mail geschickt. Würde er daran wachsen, müsste er längst oben zur Mühle herausgucken.

»Unsinn«, sagt meine Mutter. »Die Kinder in deiner Klasse sind alle sehr nett, du hast eine tolle Lehrerin und gleich nebenan auf dem Reiterhof wohnt ein Junge in deinem Alter, das passt doch super!«

Mein Vater lässt den Löffel fallen. »Ein Junge auf dem Reiterhof? Das ist ja furchtbar! Los! Lauf rüber und befrei ihn!«

Meine Mutter schmunzelt. »Wo steht geschrieben, dass Jungs nicht reiten dürfen? Mauritius, warum lädst du ihn nicht zu deinem Geburtstag ein?«

»Weil es kein Junge ist, sondern Mieke. Ein Mädchen.«

Mein Vater springt vor Glück von der Couch. »Ein Mädchen in deinem Alter? Das ist ja großartig! Wie heißt sie denn? Hat sie Schwimmhäute zwischen den Zehen? Wir sollten sie gleich heute zum Essen einladen. Kämm dich, mein Sohn! Ihr werdet möglicherweise später einmal heiraten!«

Mein Geburtstag ist in ein paar Wochen. Am dreizehnten März. Ist immer etwas blöd wegen dem Wetter. Man weiß nie, welche Jahreszeit das sein soll.

»Wünscht sich unser Sohn diesmal etwas?«, fragt mein Vater und starrt mich kauend an.

»Das hat er noch nicht gesagt«, antwortet meine Mutter. »Was wünschst du dir, Mauritius?«

»Geh in dich!«, befiehlt mein Vater. »Los! Wünsch dir was! Streng dich an!«

»Nein«, beschwichtigt meine Mutter, »mach dich locker. Horch in dein Herz.«

Ich schaue hin und her wie beim Tischtennis. Manchmal glaube ich, ich habe ein Elternteil zu viel. Während ich versuche, in mich zu gehen, kommen schon die Vorschläge. Einen Fußball. Ein neues Fahrrad mit mehr Gängen für den Soliner Berg. Einen Reitkurs mit Mieke. So weit kommt's noch!

»Ich spiele nicht Fußball und ihr habt mir trotzdem schon zwei Fußbälle geschenkt«, unterbreche ich das Sperrfeuer, »außerdem einen Volleyball und einen

Basketball, mein Fahrrad hat einundzwanzig Gänge, und Reiten ist was für Mädchen.« Meine Eltern schauen enttäuscht.

»Mauritius Winkler! Irgendwas musst du dir doch wünschen!«, seufzt mein Vater. »Es kann ruhig etwas Großes sein! Ist es nicht ein runder Geburtstag? Wirst du nicht zwölf? Zwölf ist eine kugelrunde Zahl!«

Ich überlege. Etwas Großes? Wie groß darf es denn sein? So groß wie Kugelfisch? Das ist mein Sitzsack. Oder noch größer? Ich horche in mein Herz. Aber da ist nur ein U-Boot. In Gedanken schalte ich das Sonar ein, um mein Herz nach Wünschen abzusuchen. Ein leises, geduldiges Pochen schwärmt aus und sucht nach Dingen in der Finsternis, die ein Echo zurückwerfen. Poch! Nichts als dunkle Weite. Poch! Dort, ein Pottwal. Poch! Das könnte ein Riesenkalmar sein. Poch! Wieder nichts. Da! Die Umrisse eines schwarzen Rauchers. Das sind vierhundert Grad heiße hydrothermale Tiefseequellen. Sie sehen aus wie Schornsteine am Meeresboden.

Aber ich kann mir schlecht einen schwarzen Raucher wünschen. Auch kein Tiefseeaquarium. Selbst wenn es nur ein ganz kleines wäre, sagen wir mit einem Meter Durchmesser, müsste es trotzdem mindestens tausend Meter in die Tiefe gehen, damit der Wasserdruck für die Fische stimmt.

Wenn ich groß bin, will ich Meeresbiologie studieren. Wenn ich dann Glück habe und ganz viel Geld bekomme, kann ich mir vielleicht ein U-Boot kaufen und damit den Marianengraben erforschen. Der liegt auf der anderen Seite der Erde im Pazifik und ist elftausend Meter tief. Es ist die tiefste Stelle der Erde.

»Ein Pferd!«, ruft mein Vater. »Ein Pferd ist groß. Ich glaube, in ihm steckt ein Cowboy. Ganz tief innen drin. Komm raus, Cowboy!«

»Vielleicht …«, sage ich. Mein Vater nickt erwartungsvoll. Gleich rollt er wieder mit den Augen. »Einen Schnorchel«, murmele ich.

Mein Vater rollt mit den Augen. »Zum Reiten braucht man keinen Schnorchel«, klärt er mich auf.

Ich zucke mit den Schultern. »Flossen …?«

Mein Vater lächelt bitter. »Die stören beim Fußballspielen.«

»Taucherbrille?«

»Behindert die Sicht auf dem Fahrrad.«

»Kiemen?«

Nachdenkliche Stille macht sich breit. Wenn es um die Tiefsee geht, verstehen meine Eltern keinen Spaß. Sie fürchten sich vor der Tiefsee, weil sie denken, dass es dort kalt und dunkel und einsam ist.

Ist es auch.

Meine Eltern lieben alles, was oben ist. Wahrscheinlich sind sie deswegen auf den Soliner Berg gezogen. Nun wollen sie mich so weit wie möglich über die Wasseroberfläche locken. Am liebsten hätten sie, dass ich mit meinem

Fahrrad auf einem Pferd balanciere und mit Cowboyhut ein Lasso schwinge und das Pferd auf einem Fußball oben auf dem Dach der Mühle steht. Aber was auch immer ganz tief in mir drinsteckt, es ist bestimmt kein Cowboy. Meine Mutter blickt betreten auf die Uhr. Sie muss los zur Arbeit. Jetzt habe ich sie wieder enttäuscht.

Mein Schulweg gefällt mir gut. Es geht immer bergab. Ich muss das Fahrrad nur rollen lassen. Dabei merkt man, wie hoch der Soliner Berg tatsächlich ist. Die Landstraße führt in Kurvenlinien durch die Felder und knickt unten an einer Siedlung ab. Das ist die blödeste Stelle, weil man hier einen superguten Schwung hat. Den müsste man komplett ausbremsen, um die Kurve zu kriegen. Es sei denn, man rast einfach geradeaus weiter, über die Durchfahrt von Herrn Freundlieb. Herr Freundlieb hat seine Einfahrt bis zum anderen Ende des Grundstücks mit schweren Rasengittersteinen gepflastert, damit er zu beiden Seiten rauskann: zur Landstraße, die von der Mühle kommt, und zur Wohnstraße, die geradewegs zur Schule führt. Auf beiden Seiten steht ein Schild: *Kein Durchgang, Privatgrundstück!* Aber ich gehe ja nicht. Ich fahre. Ich muss nur schnell sein, damit Herr Freundlieb nichts merkt. Sonst reißt er wütend das Fenster auf und droht mit einer Anzeige.

In der Schule komme ich ganz gut klar, abgesehen davon, dass mich alle für seltsam halten, weil ich so wenig rede. Aber das bin ich gewohnt. In der alten Schule kam mal eine Neue zu uns in die Klasse. Die redete zuerst überhaupt nicht. Aber schon nach wenigen Tagen redete sie genauso viel wie alle anderen. Bei mir funktioniert das nicht. Ich kann nichts daran ändern.

Eigentlich ist alles ganz okay. Unsere Klassenlehrerin Frau Jansen ist noch ziemlich jung und wirklich sehr nett und die Mitschüler sind für sich genommen auch nett. Ich glaube, dass sie mich eigentlich mögen. Sie sind nur ratlos, was sie mit mir anfangen sollen.

Gerade nehmen wir den Lebensraum Meer durch. Wir sollen Tiere nennen, die im Meer wohnen. Alle Finger gehen hoch. Jeder kennt Meerestiere. Wale, Haifische, Delfine, Meeresschildkröten, Krabben, Quallen, Forellen …

»Forellen leben in Flüssen«, sagt Frau Jansen.

Lachse?

»Ja, aber Lachse kommen aus Flüssen und kehren auch dorthin wieder zurück«, sagt sie.

Ich werde nervös. Die reden von meiner Welt! Es wird klar, dass ich eingreifen muss. Alle Finger gehen runter, nur meiner wandert in die Höhe.

Überrascht nimmt mich Frau Jansen dran. Ich weiß nicht, wo ich anfangen soll. Es kommt kein Ton aus mir raus.

Frau Jansen lächelt mir aufmunternd zu. »Mauritius? Kennst du noch weitere Meerestiere?«

Ich nicke. Aber meint sie jetzt nur die aus dem Epipelagial oder auch die weiter unten?

»Der Stummfisch«, gluckst jemand aus den hinteren Reihen. Es ist einer der drei Blöden. Die drei Blöden sind die Einzigen, die nicht nett sind.

»Ruhe auf den billigen Plätzen!«, ruft Frau Jansen und wendet sich wieder mir zu. »Verrätst du uns auch, welche das sind?« Man muss dazu sagen, dass Frau Jansen schon eine ganze Weile gegen meine Stummheit ankämpft. Sie ist darin sehr tapfer. Im Grunde versuche ich auch, sie in ihrem Kampf nach besten Kräften zu unterstützen. Es ist mir nur bis jetzt noch nicht gelungen.

»Kommt auf die Tiefe an«, sage ich vorsichtig.

»Die Tiefe ist egal«, sagt Frau Jansen freundlich.

›Die Tiefe ist gar nicht egal!‹, denke ich, will aber nicht gleich wie ein Besserwisser daherreden. Eine Gesprächspause breitet sich aus. Bin ich immer noch dran?

»Maulstachler, Schwarzer Schlinger, Gespensterfisch«, murmele ich so beiläufig wie möglich.

Frau Jansen schaut interessiert. »Aha, die kenne ich gar nicht.«

Na gut. Es hilft nichts. Ich stehe auf und gehe an die Tafel. Ich muss ein paar Dinge klarstellen. Das Meer ist kein Gartenteich. Es ist tiefer, als die höchsten Berge hoch sind, und größer als alle Kontinente zusammen. Die meisten Lebewesen der Welt wohnen dort unten. Wir sehen sie nur nicht.

Ich male zum Größenvergleich den Soliner Berg an die Tafel mit einem kleinen Hubbel drauf für die Mühle.

»Da oben wohne ich. Und hier …«, ich male einen Strich bis ans untere Ende der Tafel, »… wohnen alle Tiere, die man so kennt. Weil es hier genug Licht für Algen gibt. Die machen den Sauerstoff.« Ich überlege kurz. Das waren erst zweihundert Meter. Ich muss ja noch viel tiefer. Ich male den Strich weiter, über den Rand der Schwammablage hinaus, die Wand hinab.

»Pottwale können unglaublich viel Luft holen und locker bis hier unten tauchen. Hier kommen keine Sonnenstrahlen mehr hin.« Ich bin mit der Kreide am Boden angelangt.

Das reicht immer noch nicht! Ich male den Strich weiter am Boden entlang an Frau Jansens Stöckelschuhen vorbei.

»Bei tausend Metern herrscht ein Druck, der eure Lungen auf die Größe von Tischtennisbällen zusammenquetscht.« Hinab, immer weiter hinab! Ich muss unter den Tischen durchkriechen. Dabei nenne ich die Namen der Fische, die in den jeweiligen Tiefen zu Hause sind. Über mir wird gekichert. »Beilfisch, Teufelsangler, Dickkopfgroppen …« Mädchenbeine weichen aus. Ich zwänge mich zwischen Stühlen und Schultaschen hindurch. Was soll ich machen, das Meer ist halt so tief.

An der Hinterwand des Klassenraums habe ich den Meeresboden erreicht und stelle mich mit dem Rücken zur Wand. »Übrigens ist es hier auch ziemlich kalt …« Meine Stimme versiegt. Alle starren mich an.

»Und wer wohnt dort?«, fragt Frau Jansen fasziniert.

»Der Blobfisch«, flüstere ich. Die Klasse lacht. Vielleicht denken sie, dass ich mir das alles nur ausdenke. Klingt ja auch seltsam. Aber in der Tiefsee ist alles seltsam! Alles ist anders! Das kann man sich gar nicht ausdenken!

»Wer ist der Blobfisch?«, fragt Frau Jansen misstrauisch.

»Der Blobfisch ist aus einer weißen, wabbeligen Masse und hat keine Muskeln … aber einen dicken Nasenwulst und einen traurigen Mund … und er liegt auf dem Boden«, stammele ich. Während ich rede, habe ich das Gefühl, dass sich mein Gesicht in etwas Puddingartiges verwandelt.

»Und wie macht der Blobfisch?«, fragt jemand. Es ist Dennis, einer der drei Blöden.

»Blob«, sage ich aus Versehen, obwohl ich im gleichen Moment weiß, dass das Blödsinn ist. Der Blobfisch macht nicht blob. Er macht gar nichts. Er liegt nur stumm da und wartet darauf, dass ihm etwas zu fressen von oben in den Mund fällt.

»Blob, blob«, höre ich um mich herum, »blob, blob.« Am liebsten hätte ich die Zeit zurückgedreht und den Mund gehalten. Mein Hobby hat mir eine Falle gestellt! Eine Redefalle!

Herr Glimm

In der Pause danach stehe ich allein auf dem Schulhof und starre in eine Pfütze. Sie ist so dreckig, dass man nicht sehen kann, wie tief sie ist. Frau Jansen hat mich gelobt für meinen Einsatz. Trotzdem musste ich nach der Stunde den Kreidestrich wegwischen. Während ich mit dem nassen Tafelschwamm zwischen den leeren Stühlen und Tischen hindurchkroch, kam ich mir ziemlich dämlich vor. Es ist nicht so, dass ich Angst davor habe, als seltsam zu gelten. Auf das Seltsame bin ich abonniert. Ich weiß gar nicht, wie das geht, normal zu sein. Ich habe nur keine Lust, es anderen zu erklären.

»Was ist ein Schwarzer Schlinger?« Ich sehe die Spiegelung eines Mädchens in der Pfütze. Vor mir steht Mieke. »Ich wohne übrigens auf dem Reiterhof. Wir sind Nachbarn.«

Natürlich sind wir Nachbarn.

»Magst du nur Fische oder auch Pferde?« Mit ihren kurzen, dunklen Locken, Jeans und Turnschuhen sieht sie überhaupt nicht wie ein typisches Pferdemädchen aus. Ihre neugierigen Augen sind riesengroß, hellbraun und freundlich. Meine Ohren fangen an zu glühen.

»Was hörst du so für Musik?«, fragt sie weiter. Da jagt ja eine Frage die nächste! Ich habe Walgesänge auf meinem Handy. Aber das sage ich lieber nicht.

»Warum redest du so wenig?«

Ich sehe sie betrübt an. Wenn ich ihr wenigstens das erklären könnte!

»Stummfische können nicht reden«, platzt Dennis dazwischen und drängelt Mieke zur Seite.

»Hallo, Blobfisch«, rufen Ole und Luke, die anderen beiden Blöden. »Na? Träumst du davon, Schnieke zu knutschen? Blob, blob!« Sie lachen und rempeln sich gegenseitig an. Das tun sie immer. Sie hauen sich reihum, beschimpfen sich und lachen dabei.

»Lasst ihn in Ruhe!«, ruft Mieke. »Ihr wisst ja gar nichts!«

Luke keckert wie ein Aufziehäffchen.

»Achtung! Schnieke wird wütend«, wiehert Ole und scharrt mit den Füßen im Dreck.

»Nenn mich nicht Schnieke, du Ochsenfrosch!« Mieke schubst Ole gegen Luke. Das findet Luke lustig und lacht. Ole haut Luke. Luke schreit. Dennis lacht. Ole haut Dennis, Dennis haut Ole. Luke lacht. Es ist etwas schwierig für mich zu folgen. Mein Kopf fliegt zwischen den dreien hin und her.

Dennis’ Gesicht taucht ganz nah vor meinen Augen auf. »Blob!«

»Blob, blob«, sagt Ole und grinst mir ins Gesicht.

Lukes Mund taucht auf. »Blobfisch, sag mal blob«, bittet er mich, aber so schnell kann ich gar nicht reagieren.

»Könnt ihr euch in einer Reihe aufstellen und mich nacheinander ärgern?«, rufe ich verzweifelt. Die drei Blöden halten verwundert inne. »Ich kann mich nur auf eine Sache konzentrieren«, erkläre ich.

Nach einem Moment der Stille fängt das Gegluckse wieder an. Die drei Blöden stellen sich in einer Reihe vor mir auf, blobben, versuchen, sich gegenseitig in die Pfütze zu schubsen, und rufen noch andere herbei. »Der Blobfisch will geärgert werden! Einfach hinten anstellen!« Es ist immer noch unangenehm, aber wenigstens nicht mehr so unübersichtlich.

Mieke steht daneben und sieht sich das Ganze fassungslos an. »Du lässt dich freiwillig beschimpfen?«, ruft sie empört und geht.

Halt! Ich habe ihr doch noch gar nicht erklärt, was ein Schwarzer Schlinger ist! Das ist zu viel! Mir wird schwummerig vor Verwirrung.

Ich starre hinab in die schlammige Pfütze. Sie ist zwar dreckig, aber ich sehe keinen anderen Ausweg. Ich atme tief ein, springe und tauche unter. Ganz. Das

Schlammwasser schlägt über meinem Kopf zusammen. Eine Zeit lang höre ich noch dumpfes Gekreisch und Blubbern, dann wird es still und dunkel. Ich mache mich gerade und sinke. Es wird finster. Der Druck nimmt zu. Aber das macht mir nichts. Es fühlt sich gut an. Es ist wie eine feste Umarmung. Ich sinke immer weiter hinab, bis zum beruhigenden Glimmen einer vertrauten Laterne. Hier unten ist es ruhig. Hier ist es immer ruhig, wenn es oben zu laut wird. Unter der Laterne wartet ein riesenhaftes Maul. Aber vor diesem Maul muss ich keine Angst haben. Das Maul ist mein Freund.

Ich kenne Herrn Glimm schon lange. Als damals in der Schule die Sache mit der Benotung anfing, landete auf meinem ersten Zeugnis eine Fünf in Deutsch im Mündlichen. Klar, weil ich nie etwas sage. ›Aber warum bekomme ich einfach eine Fünf‹, dachte ich, ›obwohl die Lehrerin gar nicht wissen kann, was alles in meinem Kopf steckt?‹ Ich saß auf dem Bordstein und starrte auf die Fünf. Ich war blind von der Fünf. Sie wurde immer größer, tanzte vor meinen Augen und verdrängte die anderen Zahlen.

Ich wollte sie nicht mehr sehen. Also richtete ich den Blick auf die Pfütze zu meinen Füßen. Wolken durchzogen den schwarzen Spiegel. Die Pfütze war wie ein Spalt in der Welt.

Auf einmal versank ich darin. Es war nicht so, dass ich ohnmächtig wurde. Ich saß aufrecht auf der

Bordsteinkante, atmete gleichmäßig und hielt mein Zeugnis in der Hand. Es wurde blau und ruhig. Es wurde schwarz, und die Fünf sank mit mir bis dorthin, wo es keine Noten und keine Zeugnisse und keine Schule und keine Eltern gibt, die mit dem Mittagessen auf einen warten und einen trösten wollen, was die Sache eher schlimmer macht. Hier unten war die Fünf nur noch eine Zahl. Ein winziger Leuchtpunkt löste sich aus der trüben Finsternis und glitt auf mich zu. Ich erkannte sofort, dass es sich um einen Laternenfisch handelte. Mit dem Leuchtorgan am Ende seines angelförmigen Fühlers suchte er nach Beute. Ich hielt ihm die Fünf hin und sie verschwand in seinem Maul. Sofort fühlte ich mich besser. Der Fisch lächelte zufrieden und seine Laterne gab einen freundlichen Schein von sich.

Seitdem hat Herr Glimm alles gefressen, worüber ich mich ärgern musste. Mit den Jahren ist er durch das viele Fressen immer größer geworden. Und gieriger. Er verschlingt die unglaublichsten Dinge. Einmal hat er einen ganzen Fußballplatz verschlungen, mit Toren und Trillerpfeife. In der Tiefsee ist man nicht wählerisch.

»Und? Was bringst du mir diesmal?«, fragt er gemütlich.

»Darf ich vorstellen?«, sage ich. »Das hier ist Ole.«

Herr Glimm lernt Ole kennen. »Schmeckt nach Feuerqualle«, murmelt er.

»Und der da ist Dennis.« Herr Glimm lernt Dennis kennen. Das Futter hat sich in einer Reihe aufgestellt.

»Eine leichte Note von Haifischflosse«, schnalzt Herr Glimm.

»Hier kommt Luke. Sag schön Guten Tag, Luke!«

Luke sagt »Guten …«, dann lernt Herr Glimm ihn kennen. »Etwas mager und zu viele Gräten«, grummelt er. Es wird eine gesittete Mahlzeit. »Was ist mit der da?«, fragt Herr Glimm und nickt zur Seite. Der Schatten eines Lockenkopfs schwebt in der Dunkelheit.

»Die nicht«, sage ich. Stille kehrt ein. Herr Glimm hat die Augen geschlossen. Er ist mit Verdauen beschäftigt.

»Was macht ein Tiefseefisch, wenn er jemanden zum Geburtstag einladen will?«, frage ich.

Herr Glimm scheint sich nicht sehr für meine Frage zu interessieren. »Er leuchtet«, stellt er fest, »was sonst.«

Die Antwort hilft mir nicht weiter. Ich druckse ein bisschen herum. »Angenommen, meine Laterne ist kaputt. Gibt es nicht eine andere Methode?«

»Mach es wie der Teufelsangler«, murmelt Herr Glimm im Halbschlaf. »Sobald er ein Weibchen vorbeischwimmen sieht, verbeißt er sich in ihre Haut und wächst mit ihr zusammen. Das Problem mit der Einladung sollte sich damit erübrigen.«

Manchmal frage ich mich, ob Herrn Glimms Ratschläge auch über Wasser funktionieren.

Mein Zimmer liegt im Obergeschoss im Anbau der Mühle. Ich habe es Aquarium getauft, weil es voller Fischmodelle ist. Von der Decke baumelt ein Kronleuchter in Form eines Kraken, mit blauen Strahlern an den Enden der Tentakel. Habe ich selbst gebaut, wie die anderen Fische, die von der Decke hängen. Meine Schreibtischlampe ist ein Laternenfisch aus Pappmaché. Wenn ich mich ausruhen will, lege ich mich auf Kugelfisch, meinen Sitzsack. Die Styroporkügelchen in seinem Innern knirschen schön.

Eine Wand habe ich blau gestrichen – natürlich auch mit Fischen drauf. Eigentlich wollte ich die Wand schwarz haben, weil es in der Tiefsee kein Licht mehr gibt, aber das war meinen Eltern zu duster. Schwarz war schon immer meine Lieblingsfarbe. Als ich noch klein war, habe ich bunte Fische gemalt und dann mit schwarzem Wachsmalstift so lange drübergemalt, bis man nichts mehr gesehen hat. So entspricht es der Natur. Meine Eltern haben mich beinahe deswegen zum Psychologen geschickt, weil Kinder nur bunte Bilder malen sollen.

Mein Aquarium ist mein Reich. Hier habe ich meine Ruhe. Keiner darf rein ohne meine Erlaubnis.

Ich sitze über den Hausaufgaben. Meine Gedanken schweifen ab und wandern zum Fenster raus. Von hier aus kann ich alles überblicken: die abgeernteten Felder, die Siedlung am Fuß des Hügels, die Schule, die Kirchtürme der Stadt und ganz hinten den blauen Ostseestreifen.

Ich höre Pferdehufe auf Asphalt klappern. Mieke überquert mit ihren Freundinnen die Straße. Verbeiß dich in ihre Haut … ich bin doch keine Zecke! Was weiß Herr Glimm schon über meine Welt hier oben!

Die Reiterinnen erscheinen hinter den Apfelbäumen. Gibt es auch Reitkurse ohne Pferd? Ach was! Das passt überhaupt nicht. Ich bin nicht dafür gemacht, mit anderen Kindern Freundschaften einzugehen, erst recht nicht mit einem Mädchen. Ich darf mir das gar nicht erst einbilden.

Blonde Zöpfe ziehen an der Lücke zwischen den kahlen Zweigen vorbei. Da ist Miekes Lockenkopf! Kurz bevor sie wieder verschwindet, blickt sie zur Mühle hoch. Hat sie mich entdeckt? Lange noch sehe ich ihr hinterher.

Der Problemonkel

»Mauritius, hast du mich nicht gehört?« Meine Mutter steht in der Zimmertür. »Hast du wieder die Tintenpatrone leer geträumt?«

Ich schaue auf mein Heft. Die Füllerspitze ruht inmitten eines dunkelblauen Sees.

»Wir haben Besuch!«, flüstert meine Mutter bedeutungsvoll. Unschlüssig bleibt sie in der Tür stehen. Es scheint, als wollte sie noch etwas sagen. Aber sie findet keine Worte. Das ist ungewöhnlich. Neugierig folge ich ihr die Treppe hinab. Im achteckigen Wohnzimmer lümmelt ein Monster auf dem Sofa. Als es mich sieht, springt es auf und hüpft auf mich zu. »Hey, Mauritius, altes Haus! Wie läuft's? Lange nicht gesehen! Mann, bist du groß geworden!«

›Überhaupt noch nicht gesehen‹, denke ich.

Das Monster hält mir die Hand hin. Am Handgelenk prangt ein schwarzes Lederarmband mit Metallstacheln. Ich zögere. In der Tiefsee gibt es Fische, die ihre Opfer mit ziemlich starken Stromstößen betäuben. Irgendwie ist mir diese Hand nicht geheuer. Eigentlich kann ich fremden Besuch jetzt nicht gebrauchen. Ich will mich in mein Aquarium verziehen und bis zum Abendessen nicht mehr hervorkommen.

»Das ist Christoph«, raunt mir mein Vater zu.

Ich mache große Augen. Der Christoph? Mein wahnsinniger Onkel? Ich dachte, er ist verschollen!

Meine Mutter bedeutet mir mit stummen Mundbewegungen, dass ich Hallo sagen soll.

Ich kenne meinen Onkel nur von Fotos und aus wilden Erzählungen. Mal sitzt er halb nackt vor einem Bauwagen und hält eine gegrillte Ratte in die Kamera. Das war, kurz nachdem er die Schule abgebrochen hat. Mal posiert er wie ein Immobilienheini mit Anzug und Krawatte vor einem völlig kaputten, mit Graffiti übersäten Haus. Anzug und Krawatte sind auch besprüht: mit einem großen rosa X, als hätte er sich selbst durchgestrichen. Auf den meisten Fotos hält er in der einen Hand eine Bierflasche, in der anderen ein Mikrofon und steht mit seiner Band auf finsteren Kellerbühnen. Es gibt sogar ein Plattencover.

Mein Onkel hält mir weiter die Hand hin. Hinter dem Stachelarmband ranken sich aschblaue Tätowierungen den Arm hinauf. Totenköpfe, Stacheldraht, ein Maschinengewehr. Ein Dschungel aus Wahnsinn und Krieg klettert unter dem olivgrünen T-Shirt durch bis zum Hals, wo das Ende einer Schlange hervorlugt. Darüber ein freundliches Grinsen, vom einen Ohr bis zur Batterie von Ringen am anderen Ohr. Die Haare stehen stachelig zu Berge.

»Mauritius, unter wohlerzogenen Leuten ist es üblich, sich die Hand zu geben«, mahnt mein Vater.

»Hey, macht nichts, Alter«, sagt Onkel Christoph, »ich zeig dir jetzt mal, was man unter unerzogenen Leuten macht.« Er packt meine Hand wie beim Armdrücken, verhakt unsere Finger ineinander, schnippt, formt eine Pistole und boxt mir gegen die Brust. Ich taumele einen Schritt nach hinten und überlege, ob ich Herrn Glimm wecken soll.

»Du musst mir auch gegen die Brust boxen!«, befiehlt Christoph.

Ich gehorche und setze meine Knöchel auf seine Brust.

»Fester!«, ruft er.

Ich brauche mehrere Anläufe, bis es ihm fest genug ist. Meine Knöchel tun ganz schön weh. Ich habe das Gefühl, dass er unter seinem T-Shirt Metallpickel versteckt hat.

»Genau so!«, ruft Christoph. »Ich sehe schon, ich muss dich noch ein bisschen umerziehen.« Er wirft meinem Vater einen angriffslustigen Blick zu. »Aber kein Problem, Alter, wir werden bestimmt gute Buddys.« Er springt zum Hauseingang, packt eine riesige schwarze Reisetasche, an der Ketten und ein abgebrochener Mercedesstern hängen, und eilt zurück, an mir vorbei zur Treppe. »Ach ja … danke, dass ich in deinem Zimmer wohnen darf!«

Bevor ich den Mund aufmachen kann, ist er in meinem Aquarium verschwunden. »Coole Meeresgrotte!«, ruft er und lässt seine Tasche auf den Boden fallen. »Aua! Hilfe, ein Meerungeheuer!« Lachend wirft er die Tür zu. Man hört, wie er sich auf Kugelfisch plumpsen lässt.

Meine Mutter starrt entgeistert die Treppe hinauf. »Dann musst du eben so lange im Gästezimmer schlafen«, sagt sie mit hilfloser Geste.

»Wie lange bleibt der?«, will ich wissen.

»Ach, das ist nur vorübergehend«, sagt mein Vater.

Das Wort »vorübergehend« beunruhigt mich. Eigentlich wollte ich wissen, ob er ein oder zwei Nächte bleibt. Vorübergehend klingt nach einer ziemlich langen Zeit.

»Nur ein paar Tage«, versichert mein Vater schnell. Er spricht mit unterdrückter Stimme: »Was guckt ihr mich so an? Ich bin selber völlig überrascht. Seit Jahren höre ich nichts von ihm und plötzlich steht er vor der Tür! Wahrscheinlich hat er die Rundmail mit unserer neuen Adresse bekommen. Was soll ich machen? Er war immer mein kleiner Sorgenbruder. Ich freu mich, dass er da ist. Wirklich!« Er versucht ein Lächeln. ›Wenn das Freude ist‹, denke ich, ›wie sieht dann Bestürzung aus?‹

Meine Mutter hält die Arme in die Seiten gestemmt und sieht meinen Vater skeptisch an. »Solange er sich nicht spontan dazu entschlossen hat, hier einzuziehen ...« Das Krankenhaus ruft an. Ein Notfall. Meine Mutter muss sofort los. »Kommt ihr klar?«, ruft sie von der Haustür.

»Klar kommen wir klar!«, versichert mein Vater.

»Ist Onkel Christoph eine Herausforderung?«, frage ich meinen Vater, als wir alleine sind. Der überlegt und nickt schließlich heftig mit dem Kopf. »Ja, so kann man es sehen«, murmelt er.

Meine Hausaufgaben muss ich am Küchentisch erledigen. Mir fehlt der Ausblick auf die Ostsee. Außerdem stört mich das ständige Gluckern der Kaffeemaschine und das endlose Umrühren des Zuckerlöffels in der Kaffeetasse meines Vaters. Er weiß nicht, wohin mit der Tasse. Der Tisch ist von meinen Schulsachen blockiert. Er flucht leise und rührt immer weiter. Von oben dringt ein Höllenlärm aus dem Aquarium, als wären tausend Teufel los.

»Christoooph!«, schreit mein Vater. »Mach die Mucke aus!« Er lehnt seinen Becher neben dem Laptop an die Sofalehne, stürmt die Treppe hoch, reißt die Tür auf und poltert los. Der Krach bricht ab.

»Was hast du gesagt?«, brüllt Onkel Christoph.

»Mauritius muss sich auf seine Hausaufgaben konzentrieren«, antwortet mein Vater genervt.

Christoph kommt die Treppe heruntergehüpft. »Hey, sorry, Kollege! Konnte ich nicht wissen. Zeig mal her, den Kram!« Er zieht mir das Heft unter der Nase weg. »Scheiße, Mathe!« Schwungvoll lässt er sich mit dem Heft auf das Sofa plumpsen. Die Kaffeetasse meines Vaters wird vom Polster katapultiert, der Kaffee segelt durch die Luft, ergießt sich über das Sofa und verschwindet schmatzend zwischen den Tasten des Laptops.

»Ups!«, ruft Christoph erschrocken.

Mein Vater packt den Laptop, rast mit ihm zum Spülbecken und brüllt Christoph an: »Idiot! Das ist mein Arbeitsgerät! Das ist …« Aufgebracht wischt er mit einem Handtuch über die Tasten. Auf dem Bildschirm flackern komische Zeichen.

»Sorry!«, ruft Christoph.

»Sorry?!«, schreit mein Vater außer sich. »Sorry?!«

»Ja. Sorry. Ist doch nicht so schlimm. Du hast doch deine Daten gesichert, oder?«

»Meine Daten? Natürlich! Was denkst du!«, blafft mein Vater. »Die sind doppelt und dreifach gespiegelt! Die Daten sind heilig!«

Christoph nimmt eine entspannte Haltung an und schlendert zu ihm. »Na bitte! Dann ist ja nichts passiert.« Er nimmt den Laptop, hebt ihn über den Kopf und kippt sich die Kaffeereste aus der Tastatur in den Mund. »Das ist ja Sirup!«, gurgelt er. »Zu viel Zucker ist aber ungesund.«

Mein Vater zieht den Laptop ruckartig zurück. »Jetzt sag mir mal, wer mir das Teil ersetzt! Weißt du, was das kostet? So viel verdienst du nicht im Monat! Verdienst du überhaupt was?«

Christoph zögert kurz, dann springt er die Treppe hinauf. Mein Vater blickt nervös zum Sofa, wühlt im Küchenschrank nach einem Reiniger und sprüht die Flecken auf dem Polster mit Schaum ein. Dann macht er sich hektisch weiter an seiner Tastatur zu schaffen.

»Kann ich was helfen?«, piepse ich.

Er wirft mir einen Schwamm zu. »Flecken wegrubbeln«, ordnet er hastig an.

Mama ist ziemlich pingelig mit den Möbeln. Während ich an den Polstern herumscheuere, kommt Christoph mit einem Laptop unterm Arm wieder runter. »Hier«, sagt er und hält ihn meinem Vater hin. »Meiner. Ist der gleiche wie deiner. Kannst du haben. Tut mir echt leid.«

Mein Vater glotzt verwundert auf Christophs Laptop. »Das ist ja genau derselbe! Woher hast du das Teil?«

»Jetzt nimm schon«, beharrt Christoph.

Mein Vater forscht skeptisch in Christophs Augen. »Hast du den etwa selbst gekauft? Von deinem Geld? Bist du wahnsinnig? Die Dinger sind schweineteuer! Ich krieg meinen von der Firma gestellt. Brauchst du den für deine Musik, oder was?«

»Vergiss die Musik«, sagt Christoph, »ich hab extra alles gelöscht.«

Meinem Vater entgleisen die Gesichtszüge. »Wie, gelöscht?«

Christoph nickt fröhlich. »Ja. Musik, Bilder, Videos, alles weg. Festplatte ist leer. Blütenrein. Jede Menge Platz für dich.«

»Aber …«, stammelt mein Vater, »du hast Backups von deinen Songs, oder? Hast du, ja?«

»Backups? Was für Backups?«, fragt Christoph.

Mein Vater ist blass geworden. »Ich meine, du hast deine Daten gespeichert, oder? Online gesichert?«

»Nö«, sagt Christoph. »Wozu?«

In der entstehenden Stille versuche ich zu begreifen, was gerade vor sich geht.

»Deine Musik«, sagt mein Vater leise. »Die Tracks. Die Timelines, deine ganze Arbeit … alles, was du am Computer komponiert hast … du hast doch nicht …«

Christoph schüttelt sacht den Kopf.

Ich weiß nicht, ob ich schon einmal einen erwachsenen Mann dabei beobachtet habe, wie er versucht, das Weinen zu unterdrücken. Mein Onkel sagt nichts mehr. Er beißt sich auf den Lippen herum und wischt sich über die Augen.

Das frisch gereinigte Sofa duftet nach konzentrierter Blumenwiese.

Betrübt sitze ich auf der Kante und betrachte den Kaffeefleck in meinem Matheheft. Er sieht aus wie eine Kamtschatka-Krabbe. Das sind russische Monsterkrebse mit einer Beinspannweite von einem Meter achtzig.

Christoph kauert mit gesenktem Kopf in der Ecke des Raums, als meine Mutter wieder zurückkommt.

»Was ist los?«, fragt sie erschrocken.

»Ich bringe euch nur Ärger«, schluchzt Christoph. »Ich mache alles immer nur kaputt.«

»Kaputt?«, fragt meine Mutter besorgt. »Was ist kaputt?«

»Mein Leben!«, heult Christoph auf.

Meine Mutter sucht nach Worten. »Aber du bist doch Musiker«, versucht sie es schließlich. »Rockmusiker haben immer ein kaputtes Leben. Das gehört doch irgendwie dazu.«

Christoph hat ein zerknäultes Taschentuch aus der Hosentasche gezogen und schnäuzt sich geräuschvoll. »Hast auch wieder recht«, schluchzt er. Langsam beruhigt er sich. Er zieht die Nase hoch und schnäuzt sich noch mal. »Sorry, tut mir leid. Ist nur ein kleiner Schwächeanfall. War ja auch ein großer Schritt.«

»Was für ein Schritt?«, will mein Vater wissen.

»Na, weg von dem harten Zeug!«

»Hartes Zeug?«, fragt meine Mutter irritiert. »Drogen?«

»Ja. Nein. Die Musik«, erklärt Christoph. »Die Leute, der ganze Kram. Ich will runterkommen.« Er steht auf und geht im Raum umher. Sein Blick ist in die Weite gerichtet. Er atmet mit kräftigen Stößen ein und wieder aus wie ein Sportler, der sich auf eine große Aufgabe vorbereitet. »Sorry, Leute, bin nur kurz sentimental geworden«, sagt er, reckt sich und dehnt seine Glieder. Plötzlich fängt er an zu lachen. Die Tränen in seinen Augen sehen auf einmal aus wie Freudentränen. »Ich fang ein neues Leben an!«, ruft er begeistert.

»Ein neues Leben?« Meine Eltern starren auf Christoph wie zwei verschreckte Hasen auf einen Fuchs, der den Eingang zu ihrem Bau versperrt.

»Genau!«, sagt Christoph. »Und hier, in der natürlichen Einöde der Natur, ist der passende Ort dafür. Ihr habt es echt richtig gemacht. Ab jetzt will ich das auch. Mann, hab ich einen Hunger! Lasst uns das feiern! Ich bin ein neuer Mensch! Was gibt's zum Abendessen?«

Kollege

Am nächsten Morgen werde ich von einem Erdbeben aufgeschreckt. Onkel Christoph ist die Treppe heruntergekommen. Ich weiß nicht, wie. Aber wäre er normal gegangen, hätte das nie solche Erschütterungen verursacht. Warum so früh? Er hätte doch ausschlafen können. Er wolle keine Umstände bereiten und sich ganz in unser Leben einfügen, beteuert er, während er sich an den Frühstückstisch plumpsen lässt.

Er gähnt wie ein Krokodil und reibt sich die Augen. Die Stacheln auf seinem Kopf sind völlig verknittert. Missmutig schielt er auf unsere Teller: Mein Vater isst Müsli mit frischem Obst. Meine Mutter Schwarzbrot mit Käse. Ich esse ein Brötchen mit Salami, dann eins mit Marmelade.

»Ich esse, was ihr esst«, sagt Onkel Christoph.

Und zwar alles auf einmal: ein Schwarzbrot mit Käse, Salami und Marmelade zwischen zwei Brötchenhälften und ein bisschen Müsli dazwischen. Das Ganze spült er mit drei Tassen Kaffee herunter. »Habt ihr Maggi?«, fragt er.

Bevor mir schlecht wird, nehme ich meine Schultasche und verlasse das Haus.

Als ich mein Fahrrad aus dem Schuppen holen will, kommt mir mein Onkel hinterhergestürmt. »Ich fahr dich zur Schule«, bestimmt er.

Ich versuche zu protestieren, aber es hat keinen Zweck. Er besteht darauf, sich nützlich zu machen. »Du darfst vorne sitzen«, sagt er großzügig, während er die Heckklappe seines rostigen, mattroten Polos öffnet.

»Ich sitze lieber hinten«, sage ich und stutze. Das Auto hat keine Rücksitze. Christoph hat sie ausgebaut. Mehr Platz für Gitarren, Boxen und Groupies, erklärt er mir. Der Fußraum des Beifahrers dient als Mülleimer. Kaugummipapierchen mischen sich mit zertretenen Pappbechern und Chipstüten. Während ich mich anschnalle, fahren wir mit röhrendem Motor los. Meine Schultasche rutscht zwischen den nackten Blechwänden des Kofferraums hin und her.

Wir sausen den Soliner Berg hinab. Christophs Fenster ist heruntergekurbelt. Sein Arm lehnt hinaus. Obwohl es ziemlich frisch ist, trägt er wieder nur ein T-Shirt. Ich bin in meine Jacke eingepackt. Nasskalte Luft greift an meinen Hinterkopf.

Ich schaue auf das Stachelarmband an Christophs rechtem Handgelenk. »Stört das nicht, wenn du auf Klo gehst?«

Onkel Christoph lacht, fummelt das Armband ab und schmeißt es aus dem Fenster hinter sich auf die Straße. Der Nächste, der hier vorbeifährt, hat einen Platten.

Ich betrachte meinen Onkel von der Seite. Mir ist noch nie jemand mit einer so unverwüstlich guten Laune begegnet. Schon beim Abendessen gestern war er wieder auf Hochtouren. Sein Zusammenbruch war völlig vergessen. Er hat ein paar Lieder vorgesungen, die er früher mit seiner Band gespielt hat. Eigentlich hat er sie gebrüllt, gegrunzt, gekrächzt, gebellt – manchmal klang es sogar wie rülpsen. Wir haben uns totgelacht. Aber damit sei jetzt Schluss, hat er immer wieder betont. Er wolle jetzt normal werden. Dann hat er sich sein T-Shirt vom Leib gerissen und uns den tätowierten brüllenden Tiger auf seiner Brust gezeigt. Er hat uns eine echte Bühnenshow geliefert.

Mein Vater hat auf der Tischplatte getrommelt, und meine Mutter hat ihren Zopf gelöst und den Kopf hin- und hergeworfen, dass sich die Haare in der Butter verfangen haben. So haben sie früher getanzt, haben sie gesagt. Ich habe versucht, auch ein Lied zu rülpsen. Da gehört aber viel Übung dazu. Ist nämlich gar nicht so leicht. Ich habe Schluckauf bekommen.

Beim Gute-Nacht-Sagen war mein Vater wieder ernst. Er hat mir etwas über Onkel Christoph erzählt, was ich nicht gleich verstanden habe. Vielleicht lag das daran, dass er es mir eigentlich gar nicht sagen wollte. Er hat herumgedruckst und eine Menge komplizierter Fremdwörter benutzt. Die Fremdwörter hat er in eine kleine Kiste mit einem roten Warndreieck gesteckt und im hintersten Regal meines Gehirns verstaut. Seitdem klappert die Kiste in meinem Kopf.

»Darf ich dich was fragen?«, sage ich, während Christoph mit einem Finger im Lenkrad die Kurven schneidet.

Auf keinen Fall! Darauf reagiert Christoph extrem empfindlich, hat mich mein Vater gewarnt.

»Schieß los!«, sagt Christoph.

Ich muss aufpassen. Ich darf kein einziges der Wörter aus der Kiste benutzen, sonst explodiert Christoph. Ich muss wie ein Putzerfisch drum herumschwimmen. »Glaubst du wirklich, du kannst ganz normal und langweilig werden wie alle anderen?«

»Warum nicht?«, sagt Christoph und grinst breit.

»Na ja«, stammele ich, »selbst wenn du dir mal die Haare kämmen würdest, wärst du immer noch ziemlich seltsam.«

Onkel Christoph nimmt die Hand vom Lenker, klappt die Sonnenblende herunter und betrachtet sich im Spiegel. »Was ist falsch an meiner Frisur?« Er versucht, die zerknitterten Stachel in eine Art Seitenscheitel zu zwingen.

Vorsicht! Das Schlagloch! Ich greife nach dem Lenkrad. Zu spät. Die Stoßdämpfer von Onkel Christophs Auto sind ausgeleiert wie alte Socken. Ich knalle mit dem Kopf gegen die Decke. Die Kiste in meinem Gehirn springt auf und die Wörter fliegen herum.

»Stimmt es, dass du psychisch krank bist?«, rufe ich.

Christoph bremst. Mit quietschenden Reifen hält er mitten hinter einer Kurve im Straßengraben. »Wer sagt das?«, fragt er ruhig.

Ich versuche, wieder zu Atem zu kommen. Ich sammele die Fremdwörter ein, die in meinem Gehirn verstreut liegen: »Diagnose«, »geschlossene psychiatrische Station«, »manisch-depressiv«. Ich muss mich damit wappnen.

»Pass auf!«, sagt Christoph, schaltet den Motor aus und gestikuliert mit beiden Händen. »Hör mir gut zu! Ich erkläre dir jetzt etwas, das du dir merken musst. Ich bin nicht verrückt. Klar?«

Ich nicke. Die leere Kiste in meinem Kopf klappert.

»Die Welt da draußen ist verrückt«, fährt Christoph fort. »Davon handeln auch meine Lyrics. Alle sind verrückt, aber sie nennen das normal. Das kotzt mich an. Die ganzen Schwachmaten da draußen haben keine Ahnung vom Leben! Deine Eltern haben keine Ahnung, deine Lehrer haben keine Ahnung, du hast keine Ahnung. Ihr wisst alle überhaupt nicht, was da draußen abgeht!«

Ich bin jetzt ganz ruhig geworden. Ich hätte mit der Unterhaltung bis nach der Schule warten sollen. Christoph blickt zum Fenster raus. Man hört ein paar Krähen. Über der Weide liegt Morgennebel. Es ist ein kalter

Februartag. Ein Auto braust mit einem ausweichenden Schlenker vorbei und hupt. Ich schaue heimlich auf die Uhr. Die erste Stunde beginnt in wenigen Minuten. Bleiben wir jetzt bis heute Mittag hier stehen? »Was geht denn draußen ab?«, frage ich, ohne es wirklich genau wissen zu wollen.

»Wahnsinn, Tod und Untergang!«, brüllt Christoph.

Okay, das war laut genug. »Sollen wir weiterfahren?«, frage ich und ahme dabei die aufmunternde Stimme meiner Mutter nach. Sie weiß, wie man mit Patienten redet.

»Nein«, sagt Christoph, »wir bleiben jetzt so lange hier stehen, bis du verstanden hast, was ich gesagt habe.«

Ich sitze gefangen mit meinem psychisch kranken Onkel in seiner vermüllten Rostlaube am Straßenrand und warte auf ein Wunder. Ein paar Sekunden hören wir der Zeit beim Vergehen zu. Christoph kurbelt die Lehne des Fahrersitzes herunter. Das kann länger dauern. Ich kurbele ebenfalls meine Lehne herunter.

Regentropfen fallen auf die Windschutzscheibe. Der rostige Polo beginnt zu schwimmen. Er sinkt. Wir gleiten in steilen Serpentinenschlaufen hinab in die Tiefsee. Wasser dringt durchs offene Fenster, durch die Lüftung und durch alle Ritzen, bis der Innenraum komplett geflutet ist. Christophs Haarstachel weichen auf und wabern wie die Arme von Seeanemonen um die Kopfstütze. Es ist dunkel. Es ist ruhig. Eine Laterne nähert sich dem Auto. Ich kurbele das Fenster herunter.

»Hallo, Mauritius«, raunt Herr Glimm, »was gibt's?«

»Hallo, Herr Glimm! Darf ich vorstellen? Das ist mein manisch-depressiver Onkel Christoph. Sag schön Guten Tag, Christoph!«

Onkel Christoph liegt stumm auf seinem Sitz, als würde er schlafen.

»Was ist manisch-depressiv?«, will Herr Glimm wissen.

Ich versuche zu erklären, was ich verstanden habe. »Eine Krankheit. Man ist abwechselnd total glücklich und todtraurig. Rauf und runter. Wie eine Achterbahn.«

Herr Glimm leuchtet skeptisch zum Fenster herein. »Ist er ansteckend?«, fragt er.

Darauf weiß ich keine Antwort. Das hat mir mein Vater nicht gesagt. Hoffentlich nicht!

Herr Glimm wiegt den Kopf hin und her. Sein Maul bleibt fest verschlossen.

»Was ist?«, frage ich. »Magst du ihn nicht?«

Herr Glimm schüttelt den Kopf. »Sieht giftig aus«, knurrt er.

Es ist das erste Mal, dass Herr Glimm etwas nicht fressen will.

»Ich habe extra seine Stacheln abgemacht«, versuche ich ihn zu überzeugen.

Aber Herr Glimm nimmt Abstand. »Von so was halte ich mich fern«, grummelt er. »Das Gleiche würde ich dir übrigens auch raten. Nur so ein Bauchgefühl. Soll sich der Schwarze Schlinger an ihm den Magen verrenken.« Herr

Glimm dreht ab. Seine Laterne schaukelt in der trüben Finsternis davon.

Verwirrt tauche ich wieder auf und schiele auf die Uhr. Wenn wir jetzt nicht bald weiterfahren, komme ich zu spät. Christoph schlummert immer noch neben mir. »Ich dachte, du willst normal werden«, versuche ich es vorsichtig.

Christoph reißt die Augen auf und klopft mir auf die Schulter. Er lacht, als hätte ich einen wahnsinnig guten Witz gemacht. »Normal und langweilig! Sorry, das hatte ich völlig vergessen. Langeweileregel Nummer eins: Immer pünktlich zur Schule kommen! Wo müssen wir lang?«

Wir kurbeln unsere Lehnen hoch. Christoph schaltet den Motor ein. Wir stehen hundert Meter oberhalb des Grundstücks von Herrn Freundlieb. Von hier hat man eine gute Sicht auf seine Terrasse, den peinlich gepflegten Rasen und den Gartenteich, der so groß ist, dass man darin schwimmen könnte. Herr Freundlieb ist nicht da. Sein Auto steht nicht in der Durchfahrt.

»Eigentlich geradeaus«, erkläre ich. »Aber da darf man nicht durch, das ist ein Privatgrundstück.«

Onkel Christoph schiebt eine Kassette ins uralte Kassettendeck und dreht die Lautstärke voll auf. Maschinengewehrarie in C-Dur. Dur wie Durchgeknallt. Mit quietschenden Reifen heizt er bergab und rast mit Krach und Krawall über die Rasengittersteine von Herrn Freundliebs Durchfahrt. »Langeweileregel Nummer zwei«, brüllt er, »immer geradeaus!«

Herr Freundlieb ist gar nicht weg. Sein Auto steht mit geöffnetem Kofferraum auf der anderen Seite des Hauses. Er ist gerade dabei, leere Bierkästen einzuladen. Vor Schreck fällt ihm einer auf die Füße. Ich ducke mich unters Fenster und hoffe, dass er mich nicht gesehen hat. Christoph jubelt und hangelt sich mit durchdrehenden Reifen und quietschenden Bremsen von Kreuzung zu Kreuzung, bis wir laut wummernd im Halteverbot vor dem Schultor stehen.

Er schaltet den Motor aus. Der Krach bricht ab. Christoph steigt aus, geht um das Auto, öffnet meine Tür und salutiert. »Herr Winkler, Sir, wir sind da!«

Ich bin halb in den Fußraum gerutscht. Es hilft nichts, ich muss die Deckung verlassen. Nur nicht die Panik verlieren, sage ich mir, steige aus und bedanke mich fürs Bringen. Um mich herum wuseln Schüler und Mütter, die ihre Kinder zur Schule bringen. Für einen Moment verharren sie alle wie gelähmt und starren auf Christoph, als stünde plötzlich ein Kinderfresser vor der Schule. Ich verstehe, was er meint. Wie sie da so mit offenen Mündern glotzen, sehen sie allesamt völlig verrückt aus.

Ich tue so, als sei ich ein anderer, und eile möglichst unauffällig ins Schulgebäude. Direkt hinter mir poltert Christoph durch die Schwingtür.

»He, nicht so schnell, Kleiner! Ich bringe dich noch bis ins Klassenzimmer.«

Ich bleibe wie angewurzelt stehen. Das kommt überhaupt nicht infrage! Der peinliche Auftritt vor dem Schultor reicht völlig aus für heute. Es muss nicht auch noch die ganze Klasse meinen wahnsinnigen Onkel kennenlernen.

Schüler strömen lärmend an uns vorbei. Wir sind arg im Weg.

»Ich bleibe jetzt so lange hier stehen, bis du gehst«, sage ich.

Christoph verschränkt die Arme. »Dann müssen wir hier verhungern«, sagt er grinsend.

Ich atme tief ein und flute den Flur. Schnell steigt der Wasserspiegel. Das Geschrei ertrinkt in dumpfem Geblubber. Bald ist alles unter Wasser getaucht. Ich will tiefer hinab, aber da ist gleich der Grund. Ich befinde mich mitten in einem sonnendurchfluteten Korallenriff. Viele kleine Fische flitzen umher. Krabben verkanten sich vor Klasseneingängen zu roten Türmen. Ich tauche Richtung Klassenzimmer. Um Christoph kümmere ich mich nicht mehr. Er wird schon verschwinden. Er ist nur ein Delfin, der bald Luft holen muss.

Im Klassenraum wächst eine Schwammkolonie an der Tafelablage. An den Fenstern schwingen Algen. Ich sinke auf meinen Platz. Der Boden hat sich aufgelöst. Ich sinke tiefer. Es wird dunkler. Der Klassenraum liegt jetzt weit über mir. Längst noch keine Tiefsee, aber für den Moment reicht es. Hier kann mich nichts und niemand mehr stören. Ich warte. Von weit her höre ich die Schulglocke durchs Meer hallen. Zeit aufzutauchen.

Frau Jansen sitzt vorne und schaut erwartungsvoll in meine Richtung. Hat sie mich etwas gefragt? Will sie noch mehr Meerestiere von mir wissen? Meine Ohren sind voller Wasser. Ich sehe mich um und erschrecke. Neben mir sitzt Onkel Christoph und grinst meine Lehrerin breit an. Das kann nicht sein! Der Delfin ist mir nachgeschwommen. Was macht er hier? Warum kann er mich nicht einfach in Ruhe lassen? Rings um mich herum kichern die anderen, völlig fasziniert von den Totenköpfen auf Christophs Arm. Warum schmeißt Frau Jansen ihn nicht raus?

»Sie wollen hospitieren?«, fragt sie.

»Oh ja!«, sagt Christoph strahlend.

Hoffentlich hält sie ihn nicht für meinen Vater.

»Schön«, sagt Frau Jansen freundlich, »das müssten Sie allerdings vorher ankündigen.«

Christoph wendet sich entrüstet an mich. »Hast du nicht Bescheid gesagt?« Er schüttelt theatralisch den Kopf. »Das ist mal wieder typisch. Stumm wie ein Fisch.«

Ich sacke in mich zusammen.

»Na gut«, sagt Frau Jansen. »Sie können ausnahmsweise bleiben. Aber dann müssen Sie auch mitsingen. Wir haben jetzt Musik.«

»Perfekt«, ruft Christoph und steppt zur Tafel. »Mein Spezialgebiet! Aufgepasst! Ich bringe euch jetzt mal was

Ordentliches bei!« Ohne Vorwarnung beginnt er zu hopsen und brüllt etwas von Türen eintreten und Dinge durch die Luft werfen, von lügenden Lehrern und Polizisten und davon, dass die Welt am Ende sei. »Wahnsinn, Tod und Untergang! Wahnsinn, Tod und Untergang!«

Einige aus der vorderen Reihe haben sich unter ihren Tischen in Sicherheit gebracht. Andere sind verwirrt, manche kichern. Ein Kleiner mit Brille sucht den Text im Liederbuch und in der hintersten Reihe haben die drei Blöden angefangen zu lachen und sich gegenseitig zu schubsen. Frau Jansen sieht hilflos aus.

Ich bemerke, wie Onkel Christoph sein T-Shirt aus der Hose zupft. Bevor er sich auszieht, um allen seinen Tiger zu zeigen, springe ich zu ihm, schiebe ihn mit aller Kraft Richtung Ausgang, durch die Tür auf den Gang, schlüpfe schnell zurück ins Klassenzimmer und ziehe die Tür fest hinter mir zu. Ich bin völlig außer Atem. Alle sehen mich an. Frau Jansen weiß immer noch nicht, wie sie reagieren soll. Ich habe das Gefühl, dass das Klassenzimmer ein völlig aus dem Ruder geratenes Schiff ist, das ich wieder auf Kurs bringen muss. Aber ich habe so etwas noch nie gemacht, ein Schiff auf Kurs bringen. »Ähm …«, stottere ich, »das ist nur mein Onkel. Eigentlich ist er verschollen. Ich kenne ihn gar nicht richtig.«

Die Tür springt wieder auf. Onkel Christoph steckt den Kopf herein. »Eine Frage hätte ich noch«, sagt er und zwinkert Frau Jansen zu. »Haben Sie heute Nachmittag schon was vor? Wir könnten zusammen einen Kaffee trinken gehen.«

»Ich weiß nicht«, stottert Frau Jansen, »eigentlich trinke ich lieber Tee …«

Ich schiebe Christophs Kopf zurück auf den Flur, ziehe die Tür wieder zu und halte diesmal die Klinke fest. Christoph versucht, die Klinke zu betätigen, aber ich stemme mich mit aller Kraft von unten dagegen.

Er klopft an die Tür. »Bis später, Kollege! Ich hole dich nach der Schule ab!«

Ich horche, wie seine Schritte auf dem Flur verhallen. Erst nach einiger Zeit traue ich mich, die Klinke loszulassen. »Er ist nur … er war schon mal …«, stammele ich.

Frau Jansen legt mir die Hand auf die Schulter. »Du kannst dich wieder setzen, Mauritius«, sagt sie und schiebt mich sanft zu meinem Platz. »Alles gut. Er hat ja nur gesungen. Es gibt eben verschiedene Arten von Musik. Jedenfalls hast du einen sehr … interessanten Onkel.«

So kann man das auch sehen. Einige kichern schon wieder.

Frau Jansen bringt sie mit strengem Blick zum Schweigen. »Wenn sich alle immer normal verhalten würden, wäre die Welt langweilig«, sagt sie. »Man muss auch mal was Verrücktes tun.«

›Ja‹, denke ich, ›aber Christoph tut nicht nur Verrücktes, sondern er ist gänzlich verrückt.‹

Im Augenwinkel sehe ich, wie sich Mieke verstohlen zu mir umdreht. Ich traue mich nicht, sie anzuschauen. Draußen auf der Straße heult der Motor von Christophs Wagen auf. Mit lautem Wummern fährt er davon. Wir singen Lieder. Normale Lieder. In meinem Kopf höre ich jedoch immer nur ›Wahnsinn, Tod und Untergang!‹. Wenn das so weitergeht, werde ich verrückt. Nicht einfach nur normal verrückt, sondern wirklich verrückt, so wie Onkel Christoph.

Wahnsinnsidee

Nach dem Unterricht stelle ich mich möglichst weit entfernt vom Schultor an die Straße, um Christoph abzufangen. Die drei Blöden schlendern an mir vorbei. Sie machen komische Verrenkungen, als würden sie tanzen wie Christoph. Es sieht aber eher aus, als wären sie Paviane mit Läusen. Dazu schreien sie »Wahnsinn, toten Untergang!«. Noch nicht mal einen bekloppten Refrain können sie sich richtig merken.

Ich sehe einfach weg. Vor dem Schultor beobachte ich, wie Mieke und ihre Freundinnen nacheinander von ihren Müttern in deren Vans und Pick-ups abgeholt werden. Mieke fährt an mir vorbei und winkt mir zu. Vielleicht tue ich ihr jetzt leid.

Frau Jansen kommt aus dem Schultor und geht auf mich zu. »Ich dachte, dein Onkel wollte mit mir Kaffee trinken gehen«, sagt sie. »Aber er scheint ja nicht viel von Pünktlichkeit zu halten.«

»Doch«, widerspreche ich, »er findet, Pünktlichkeit ist die Langeweileregel Nummer eins. Er will langweilig werden.«

»Na ob das eine gute Idee ist«, sagt sie und geht zu ihrem Auto. »Jedenfalls«, ruft sie, während sie einsteigt, »Frauen lässt man nicht warten. Das kannst du ihm sagen.« Sie zwinkert mir zu und fährt ab.

Wie macht Onkel Christoph das? Er benimmt sich völlig daneben und trotzdem findet ihn Frau Jansen toll.

Ich warte noch ungefähr zehn Minuten, dann beschließe ich, Christoph zu Fuß entgegenzugehen. Ich wandere durch die Wohnstraßen. Meine Schultasche wird schwerer und schwerer. Als ich mich dem Soliner Berg nähere, fällt mir ein, dass ich noch nie zu Fuß an Herrn Freundlieb vorbeigeschlichen bin. Es gibt also keine Deckung. Ich kann nur hoffen, dass er nicht gerade jetzt zum Fenster herausschaut.

Langsam nähere ich mich seinem Haus. Hinter den Gardinen ist nichts zu erkennen. Das Auto versperrt die Durchfahrt. Kein Wunder, dass Onkel Christoph nicht gekommen ist. Er musste abbiegen und hat sich verfahren. Plötzlich kommt Herr Freundlieb zur Haustür heraus und macht sich am Kofferraum zu schaffen. Ich verharre in seinem Rücken und stelle mich tot. Hoffentlich dreht er sich nicht um.

Herr Freundlieb dreht sich um. Als hätte er meine Anwesenheit in seinem Rücken gespürt. Als könnte er Kinder riechen. Er starrt mich an, als sei ich ein außerirdisches Insekt. »Was ist? Was stehst du da so rum?« Dann erkennt er mich. »Ach du bist es, Freundchen! Wage es nicht, mein Grundstück zu betreten!« Es folgt eine besonders würzige und schreckenerregende Salve von Drohungen und Verwünschungen. Meine Ohren sind dem Angriff wehrlos ausgesetzt. Mit jedem Satz stampft Herr Freundlieb einen Schritt auf mich zu. Ich warte darauf, dass er mich unter seiner Schuhsohle zerquetscht.

Plötzlich ist die Siedlung von Reifenquietschen und Motorgeheul erfüllt. Ich erkenne das Wummern. Schon brettert Christophs rostiger Polo durch die Siedlung und bremst mitten auf der Straße. Onkel Christoph schaltet den Motor aus, hüpft aus dem Wagen und läuft fröhlich auf mich zu. Ich traue meinen Augen nicht. Er trägt den besten Ausgehanzug meines Vaters. Seine Haare sind zu einem perfekten Seitenscheitel geleimt. Hat er sich schick gemacht für Frau Jansen?

»Mensch, Kollege! Das ist ja ein Labyrinth des Grauens hier! Ich habe versucht, mich an der Hässlichkeit der Häuser zu orientieren. Langeweileregel Nummer drei: Niemals aufgeben!« Er vollführt mit mir das Begrüßungsritual. Mein Arm ist vor Schreck ein wenig unbeweglich, aber ich bemühe mich, mit dem Fingerhakeln mitzuhalten und beim Brustklopfen bloß nicht umzufallen.

»Sie!«, schimpft Herr Freundlieb. »Das gibt eine Anzeige! Sie sind doch derjenige, der heute Morgen über mein Grundstück gefahren ist!«

Christoph nickt wohlwollend und geht auf Herrn Freundlieb zu. »Völlig richtig. Und Sie sind der Besitzer dieses unglaublich gepflegten, wahnsinnig beeindruckenden Gartenteichs. Sehr angenehm.«

Herr Freundlieb weicht zurück. »Ja, aber wenn Sie noch einmal …«

»Oh, natürlich nicht! Das war ein Notfall! Wo kämen wir hin. Eigentum ist heilig. Ich bin ohnehin nur auf der Durchreise. Haben Sie sich schon angemeldet?«

»Angemeldet? Wozu?«, knurrt Herr Freundlieb.

»Zur Teilnahme an unserer landesweiten Gartenteich-Olympiade«, erklärt Onkel Christoph und hebt verheißungsvoll die Augenbrauen.

Herr Freundlieb ist völlig aus dem Konzept gebracht. Sprachlos lauscht er Christophs Ausführungen. Der schildert in bunten Farben den exklusivsten Gartenteich-Wettbewerb der Welt, streut »Schirmherrschaft« und »mein Onkel, der Ministerpräsident« ein und wickelt Herrn Freundlieb von oben bis unten in Zuckerwatte.

›Lass uns fahren!‹, denke ich. Solange Herrn Freundliebs Kinnlade runterhängt, vergisst er vielleicht die Anzeige. Aber Christoph lässt nicht locker, sondern betritt – und hier falle ich fast in Ohnmacht – Herrn Freundliebs Rasen! Und Herr Freundlieb lässt ihn tatsächlich gewähren. Die beiden verschwinden hinterm Haus.

»Das ist medaillenverdächtig!«, höre ich Christoph aufheulen. »Ich sehe Gold!«

Nach fünf Minuten kommen die beiden angeregt plaudernd zurück. Herr Freundlieb hat Erde an den Händen und drückt Christoph eine Blumenzwiebel in die Hand. Sie verabschieden sich mit Handschlag. Christoph steckt die Zwiebel in die Jacketttasche und wischt sich die Hand am Hosenboden ab. »Meinem Onkel wird es eine Ehre sein!«, ruft er, während wir in seinen Wagen steigen. Christoph startet den Motor. Er winkt. Herr Freundlieb winkt zurück. Christoph kurbelt das Fenster runter und zeigt auf den Soliner Berg. »Eine Sache noch.« Ich ahne Schlimmes. »Wie komme ich jetzt auf diese Straße dort?«

Herr Freundlieb zögert einen Moment. Dann geht er friedlich zu seinem Auto und macht den Weg frei. Onkel Christoph grinst, drückt das Gaspedal durch und brettert über die Rasengittersteine auf die Landstraße und den Soliner Berg hinauf. Die Blumenzwiebel fliegt in hohem Bogen aus dem Fenster.

Es ist mir ein Rätsel. Wie kann ein und derselbe Mensch so wahnsinnig sein und gleichzeitig so leicht durch die Welt hüpfen, als wäre sie sein Kinderzimmer? Onkel

Christoph macht aus den gefährlichsten Gegnern zahme Lämmer. Er kann sich danebenbenehmen und es macht gar nichts. Er tut einfach, was er will. Wo er auftaucht, verändern sich alle Regeln, wie es ihm passt, als wäre er der Chef des Universums. Niemand kann ihn bremsen.

Wenn das eine Krankheit sein soll, dann will ich die auch haben. Vielleicht wäre dann alles anders. Ich könnte einfach zu Mieke gehen und mit ihr reden, ihr mein Aquarium zeigen und meine Fischmodelle und die ganze Tiefsee. Ich glaube nämlich, sie interessiert sich dafür. Aber selbst wenn nicht, wäre das egal. Sie würde sich interessieren müssen, weil ich das so will. Das ist die Lösung! Ich werde manisch-depressiv! Ich muss versuchen, mich bei Onkel Christoph anzustecken. Ich beschließe, Herrn Glimm zu besuchen und ihn zu fragen, was er davon hält.

»Gar nichts«, sagt Herr Glimm.

»Wieso nicht?«, frage ich enttäuscht.

Herr Glimm schweigt. Vielleicht ist er beleidigt, weil er nichts zu fressen bekommt. Normalerweise hätte er jetzt Herrn Freundlieb kennengelernt, mitsamt Haus, Rasengittersteinen und Gartenteich. »Ich kannte mal einen Laternenfisch«, beginnt er schließlich, »der pausenlos so hell leuchtete, als hätte er zehn Zitteraale verschluckt. Er schwamm umher, sang laute Lieder und kam sich vor wie der tollste Hecht der Tiefsee. Alle bewunderten ihn.«

»Und dann?«, frage ich erwartungsvoll.

»Dann kam der Schwarze Schlinger«, antwortet Herr Glimm. Eine Weile ist es still. »Komm mit! Ich habe eine bessere Idee.«

Ich folge ihm, tiefer und tiefer hinab ins Ungewisse, bis vor uns plötzlich die Spitze eines mächtigen Holzpfahls aufragt. Für einen kurzen Moment wogt das zerfetzte Ende einer Schiffsflagge im Dunkel. Ein Totenschädel blitzt im grünlichen Schein von Herrn Glimms Laterne auf. Ein gesunkenes Piratenschiff! Wir müssen uns auf dem Meeresgrund befinden.

Herr Glimm windet sich in Kurvenlinien durch die Takelage am Mast hinab, an einem Steuerrad vorbei, durch eine zerborstene Tür in eine stockdunkle Kajüte. Herrn Glimms Laterne reicht aus, um sie geisterhaft zu erhellen. Zaghaft blicke ich mich um. In einer Ecke blinken Goldstücke aus einer geöffneten Truhe.

»Hast du nicht gesagt, dass dein Onkel dir dein Aquarium weggenommen hat?«, sagt Herr Glimm. »Wer will schon in einem Aquarium leben? Komm zu mir! Hier unten ist tausendmal mehr Platz. Nimm das Wrack, es ist deins. Die Gräten hinter dir kannst du entsorgen.«

Ich fahre herum und schrecke zusammen. Auf einem mächtigen, verschnörkelten Sessel thront ein Skelett mit einem Dreispitz auf dem Schädel. Seine knochige Hand umklammert einen Säbel. In seinem Brustkorb hat sich eine Qualle verfangen und versucht, hektisch pumpend zu entkommen.

Vorsichtig nähere ich mich dem Gerippe. Die linke Augenhöhle wird von einer Augenklappe verdeckt. Darunter funkelt es lebendig. Als ich mich gebannt nähere und die Augenklappe hebe, schießt mir eine winzige grünlich leuchtende Krabbe entgegen.

»Her mit dir!«, sagt Herr Glimm, saugt die Krabbe mit einem Schluck in sein Maul und schwimmt zu einer der Messinglampen an den Wänden. Er spuckt die Krabbe in den Glaskolben und verschließt ihn. Stolz präsentiert er sein Werk. Die Lampen geben ein schwaches Licht ab, das von Dutzenden kleiner Krebstierchen herrührt.

Ich schaudere und bin gleichzeitig fasziniert. Ein Piratenwrack nur für mich? Für immer? Will ich das? Wirklich? Kann ich das? »Ich weiß nicht«, murmele ich unsicher.

»Was weißt du nicht?«, fragt Herr Glimm.

»Ob ich den Druck aushalte.«

»Welchen Druck?«, fragt Herr Glimm.

Er spürt ihn nicht. Natürlich nicht! Aber ich spüre ihn mehr als sonst und versuche, es Herrn Glimm zu erklären.

»Blödsinn«, widerspricht er, »das bildest du dir nur ein.«

Zum ersten Mal, seitdem ich ihn kenne, ärgere ich mich über ihn. »Du weißt gar nichts von mir. Du hast nicht die geringste Ahnung von meiner Welt!« Ohne mich zu verabschieden, lasse ich ihn in der Tiefe zurück.

»Onkel Christoph?« Ich stoße die Tür zu meinem Aquarium auf. Christoph liegt bäuchlings auf Kugelfisch und schnarcht. »Bist du ansteckend?« Mein Onkel rührt sich nicht. Friedlich hält er den Sitzsack umarmt und schreddert Luft. Bei jedem Ausatmen pustet er kleine Styroporkügelchen, die aus einem winzigen Loch in Kugelfischs Naht hervorquillen, ins Zimmer.

Ich blicke mich um. Christophs E-Gitarre lehnt an der Wand. Verstärker, Boxen und Kabel fliegen auf dem Boden herum und einige Fischmodelle sind von der Decke gefallen. Das passiert nicht von selbst. Langeweileregel Nummer vier: Mach nie etwas von anderen kaputt!

»Ich soll dir von Frau Jansen sagen, dass man Frauen nicht warten lässt«, gebe ich Bescheid. Mehr als ein schläfriges »Hm?« bekomme ich nicht zur Antwort. Ich sammle die Fische auf und bringe sie auf der Fensterbank in Sicherheit.

Draußen verabschiedet sich Mieke von ihren Freundinnen und verschwindet in ihrem Haus. Wäre ich Onkel Christoph, würde ich ihr hinterherlaufen, um sie zu meinem Geburtstag einzuladen. Die Gelegenheit ist günstig. Sie wäre überrascht und würde »ich weiß nicht …« stottern, aber am Ende würde sie nicht anders können, als Ja zu sagen. Weil ich das so will.

Vielleicht sollte ich es einfach versuchen. Möglicherweise habe ich mich schon ein bisschen angesteckt, ohne es zu merken.

Das totale Gegenteil

Ich habe mir die Gummistiefel angezogen, weil das schneller geht. Während ich unsere Einfahrt hinabschlendere, befallen mich die ersten Zweifel. Ist das wirklich eine gute Idee, Mieke zu meinem Geburtstag einzuladen? Als einzigen Gast? Unten an der Straße bleibe ich stehen und horche, ob ein Auto kommt. Wenn ein Auto kommt, kann man nämlich die Straße nicht überqueren. Nach einiger Zeit kommt ein Auto. Es fährt vorbei. Jetzt ist die Straße frei.

Ich schaue auf die Uhr. Es ist zehn vor drei. Mittagsruhe. Ungünstig. Ich beschließe, besser noch zehn Minuten zu warten, und schlendere so langsam wie möglich zurück zur Mühle. Nach ewig langer Zeit sehe ich wieder auf die Uhr. Eine halbe Minute ist vergangen. Würde sich Onkel Christoph an die Mittagsruhe halten?

Entschlossen überquere ich die Straße und erklimme die Stufen zu Miekes Haustür. Aus dem Augenwinkel sehe ich, dass der Wagen ihrer Mutter nicht unter dem Vordach neben dem Haus steht. Mieke ist demnach allein. Das macht es für mich einfacher. Mutig nähert sich mein Zeigefinger dem Klingelknopf.

Halt! Möglicherweise darf Mieke fremden Leuten nicht öffnen, wenn sie allein zu Hause ist. In diesem Fall wäre es unangenehm für sie, wenn es klingelt. Es könnte ein Wahnsinniger vor der Tür stehen. Dieser Gedanke leuchtet mir sofort ein. Ich mache kehrt und gehe zur Mühle zurück.

In der Diele stehen meine Gummistiefel wie Betonkübel auf der Fußmatte. Warum kann ich nicht klingeln? Kein anderes Kind der Welt kann nicht klingeln! Ich blicke auf meine Füße. Natürlich! Es sind die falschen Schuhe. Schon mein Gang stimmt nicht. Onkel Christoph macht alles im Hüpfen. Ich schlüpfe aus den Gummistiefeln, ziehe meine Turnschuhe an und drehe ein paar Runden im Wohnzimmer. Langsam kommt mein Gang ins Schwingen. Mit einigem Schwung biege ich zur Haustür ab, stoße sie auf und hüpfe ins Freie. Meine Sprünge werden größer. Ich springe wie ein Känguru unsere Einfahrt hinab und über die Straße. Die Arme fliegen in den Himmel. Schon bin ich drüben auf den Stufen, strecke den Zeigefinger aus und bohre ihn tief in die Klingel hinein. Ding … Ich habe es geschafft! Wahnsinn! … dong!

Mieke öffnet die Tür. »Hallo«, sagt sie verwundert.

Ich starre sie stumm an und rühre mich nicht, wie ein Postpaket, das sich selbst ausgeliefert hat.

»Ist was?« Mieke sieht mich aus ihren riesigen hellbraunen Augen an und wartet geduldig.

›Lad sie ein und hau ab!‹, denke ich. Aber mein Mund bleibt verschlossen.

»Willst du reinkommen?« Mieke lässt die Tür offen und verschwindet im Flur. Reinkommen? Wieso denn das? Das war nicht vorgesehen! Mir wird schwummerig. Es hilft nichts, ich muss hinterher. Aber wie? Meine Turnschuhe kleben elektromagnetisch auf der Gummimatte vor der Haustür fest. Ich mache unauffällig ein paar Hüpfer auf dem Fußabtreter. Ich muss den Schwung wiederfinden. Endlich gelingt mir ein kleiner Hopser über die Schwelle.

Ich federe im Flur auf und ab, wie ein Jogger vor einer roten Ampel.

»Ich bin hier hinten in der Küche!«, ruft Mieke vom Ende des Flurs. »Hab mir gerade einen Kakao gemacht. Willst du auch einen?«

»Ja«, rufe ich laut und deutlich. Das Hüpfen hilft! Ich habe einen Satz gesagt. Na gut, einen Einwortsatz. Okay, nur eine Silbe, aber die reicht.

Mit federnden Schritten schaffe ich es in die Küche und rutsche hochzufrieden mit mir selbst auf die Eckbank.

Mieke stellt mir einen großen Becher mit Kakao hin, setzt sich mir gegenüber auf einen Stuhl und blickt mich erwartungsvoll an. Ich nehme einen Schluck und schiele über den Becherrand in der Küche umher. Tannengrüne Kacheln. Ein Pferdebild neben dem Fenster. An der Wand tickt eine Uhr. Auf dem Ziffernblatt ist neben jeder vollen Stunde ein anderer Vogel abgebildet. Die Uhr beginnt zu zwitschern. Es ist drei. Mittagsruhe vorbei.

Sobald ich meinen Becher absetze, muss ich etwas sagen. Das ist eine absolute Regel, die mir plötzlich in all ihrer Unerbittlichkeit vor Augen tritt. Befolge ich diese Regel nicht, bleibt mein Mund bis ans Ende meines Lebens Mieke und allen anderen Menschen gegenüber verschlossen. Ich tippe mit den Turnschuhspitzen auf den Boden, aber es hilft nichts. Für das Sitzen braucht man andere Methoden, die ich noch nicht beherrsche.

»Und so ein Maulstachler …«, sagt Mieke unvermittelt. »Der hat Stacheln im Maul?«

Mir schwappt der Kakao über. Ich stelle den Becher auf der Tischplatte ab. Die Regel greift. Sprich oder schweig für immer!

»In der Tiefsee gibt es keine Pflanzenfresser«, erkläre ich. »Weil es keine Pflanzen gibt. Da frisst jeder jeden. Da braucht man spitze Zähne. Und ein großes Maul. Beim Schwarzen Schlinger ist das Maul sogar größer als der ganze Fisch. Das ist eigentlich gar kein Fisch, sondern ein Magensack mit Zähnen. Du siehst die Zähne aber erst, wenn sie in den Schein deiner Laterne tauchen, und dann ist es zu spät.«

Mieke ist fasziniert. »Warst du schon mal da? Da unten? Nimmst du mich mal mit?« Ihre Augen sind groß und sie lächelt und ich sitze in ihrer Küche und kann mich nicht bewegen. Aber nicken kann ich immerhin.

»Dein Onkel heute Morgen«, wechselt sie das Thema, »ist der immer so?«

Jetzt wird es schwierig. Ich kann ihr nicht sagen, dass Onkel Christoph wahnsinnig ist und dass ich trotzdem hoffe, mich bei ihm angesteckt zu haben. »Er ist ein ganz normaler Rockmusiker«, behaupte ich. »Die sind immer ein bisschen komisch.«

»Verrückt!«, sagt Mieke.

»Nein, er ist nicht verrückt«, beeile ich mich zu versichern.

»Das meine ich nicht«, sagt Mieke. »Verrückt ist, dass er dein Onkel ist. Er ist das totale Gegenteil von dir. Wie können zwei so große Gegenteile miteinander verwandt sein?«

Ich starre in die Kakaopfütze in meinem Becher.

»Möchtest du noch mehr?«, fragt Mieke.

Ich schüttele den Kopf. »Ich gehe dann mal.«

»Tschüss«, sagt Mieke und bleibt lächelnd sitzen. »Schön, dass du da warst.«

Keine Frage, der Besuch ist beendet. Aber wir sitzen immer noch da. Meine Turnschuhspitzen fangen unter dem Tisch wieder an, abwechselnd auf den Boden zu tippen. Endlich tragen mich meine Füße in den Flur und zur Haustür hinaus auf die Straße.

Wie in Trance bewege ich mich zurück in Richtung Mühle. Mitten auf der Straße bleibe ich stehen. Ich habe vergessen, Mieke zum Geburtstag einzuladen. Ich drehe mich um. Ihre Haustür erscheint mir so weit weg wie der Mond.

Zu Hause fällt mir ein, dass ich endlich etwas klären muss. Ich brauche einen Experten. Genauer gesagt: eine Ärztin.

»Ist Onkel Christoph ansteckend?«, frage ich meine Mutter.

»Keine Sorge«, sagt sie. »Psychische Krankheiten sind niemals ansteckend.« Ich müsse auf keinen Fall befürchten, jemals so zu werden wie Onkel Christoph. Das würde nie passieren. Wir seien viel zu unterschiedlich. Fast das genaue Gegenteil.

Frustriert ziehe ich mich in mein Schlafzimmer zurück. Ich muss versuchen, es ohne Ansteckung zu schaffen. Ich muss genau hinsehen und Onkel Christoph studieren. Ich muss mir seine Methoden abschauen und sie ausprobieren.

Wahnsinnsmethoden

Die Gangart allein reicht nicht. Es kommt auch auf eine möglichst wahnsinnige Ernährung an. Gleich am nächsten Morgen fange ich an. Als das Erdbeben die Treppe herunterkommt, sitze ich schon am gedeckten Frühstückstisch. Allein. Mein Vater hat einen Termin und meine Mutter ist zu einem Notfall gerufen worden. Alles steht bereit: Butter, Brötchen, Schwarzbrot, Salami, Käse, Marmelade, Müsli, Joghurt. Christoph setzt sich und überfliegt das Angebot. Er steht wieder auf, nimmt weitere Sachen aus dem Kühlschrank, durchforstet die Vorratsschränke und platziert Nudeln, Ketchup, Maggi und eine Dose Sardellen auf dem Tisch.

»Es gibt nichts Gesünderes als eine gehobene Portion Vielfalt in der Ernährung, nicht wahr, Mauritius? Neunundneunzig Prozent aller Deutschen essen jeden Morgen dasselbe. Das ist ungesund und führt zu Krebs, Karies und Fußpilz.«

Er nimmt sich eine Müslischüssel und lässt einen großen Schluck Biojoghurt aus der Flasche hineinplumpsen. Ich mache es ihm nach und starre gebannt auf das, was nun kommt.

Christoph schüttet Früchtemüsli in den Joghurt, lässt ein paar ungekochte Nudeln hineinfallen, legt drei Sardellen obenauf und probiert einen Happen.

Ich schaue ihm in die Augen und versenke Müsli, Nudeln und Sardellen in meinem Joghurt. Zuletzt verziere ich alles mit einem Tupfer Ketchup. Christoph nimmt die Ketchupflasche und lässt ebenfalls einen roten Klecks in sein Müsli tropfen. Wir rühren um. Ich reiche ihm den Honig. Er gibt mir die Pfeffermühle. Wir bedienen uns. Wir tauschen.

»Guten Appetit!«, sage ich und tauche meinen Löffel in die Matsche. Christoph blickt auf seine Müslischale, als habe er dort ein Igelbaby gefunden. »Langeweileregel Nummer fünf«, sagt er, »was man sich genommen hat, muss man auch aufessen.«

Ich nehme einen großen Löffel Ekelmatsch, schiebe ihn mir in den Mund und beiße auf eine supersalzige Sardelle. Ich sehe, wie Christoph kämpft. Er hat den ersten Bissen geschluckt und gurgelt mit einem enormen Schluck Kaffee hinterher. Ich schlucke. Es geht. Ich lebe noch. Nächster Löffel. Die ungekochten Nudeln krachen.

Ich esse alles auf. Christoph ebenso. Wir reden die ganze Zeit kein Wort. Ich würge den letzten Bissen herunter und lasse glücklich den Löffel fallen. Ich habe es geschafft. Wir springen auf, jubeln und machen das Begrüßungsritual. Fingerschnippen, Pistole, dann boxe ich ihm versehentlich mit ziemlicher Wucht in den Bauch. Wie auf Knopfdruck beginnt sein Magen, eine Rede zu halten. Christoph hebt den Zeigefinger. Sein Mund bleibt fest verschlossen. Er nickt mir anerkennend zu und verschwindet im Badezimmer.

Schnell nehme ich meine Schultasche und wanke aus der Mühle ins Freie. Lieber nutze ich die Gelegenheit und verschwinde, bevor mich Christoph wieder zur Schule bringen will. Eine Autofahrt im Polo würde ich jetzt nicht überleben. Aus dem Badezimmerfenster höre ich Würgegeräusche. Federnd hüpfe ich um die Ecke zum Schuppen und lasse die Arme schlenkern. Mein Bauch redet nun ebenfalls mit mir. Vorsichtig setze ich mich auf mein Rad und rolle den Soliner Berg hinab.

Der Fahrtwind tut gut. Die Kurven kommen mir allerdings schärfer und steiler vor als sonst. Dann kommt die lange Gerade. Mein Magen schaukelt weiter in Schlangenlinien. Ich sause auf Herrn Freundliebs Durchfahrt zu. Bitte jetzt nicht! Nicht jetzt! Bremsen? Abbiegen? Unmöglich! Die Räder raspeln über die Rasengittersteine. Die Milch vom Frühstück wird aufgeschäumt und kommt in Blasen aus meinem Mund. Ich bremse scharf und übergebe mich in einem phänomenalen Schwall ins Rasengitter. Von irgendwo höre ich dumpf eine Klospülung. Dann öffnet sich über mir ein kleines Fenster und Herr Freundlieb keift zu mir herab. Eilig schnappe ich mir mein Fahrrad und rase davon.

Als ich mit wackeligen Knien an der Schule ankomme, verstellen mir die drei Blöden den Weg zum Schulhof. »Hallo, Blobfisch! Wo bleibt dein wahnsinniger Onkel?«, fängt Dennis an.

»Ja, wo hast du den her?«, giggelt Ole. »Der ist voll krank! Wahnsinn, toten Untergang!« Er laust sich unter den Armen.

»Bestimmt aus der Klapsmühle«, sagt Dennis.

Die drei schubsen sich gegenseitig, lachen und bilden eine unüberwindbare Mauer aus Blödheit.

»Warum bist du so grün im Gesicht, Blobfisch?«, piepst Luke. »Hast du dich bei deinem Onkel angesteckt?«

»Haha«, kräht Dennis. »Der Blobfisch hat sich angesteckt. Der gehört in die Klapsmühle!«

Die Mauer wackelt, gluckst und blobbt. Ganz wie mein Magen. Was soll ich tun? Was würde Christoph tun? Ich versuche, mich zu konzentrieren. »Stellt euch bitte in einer Reihe auf. Ihr kennt das doch.«

Die Mauer verwandelt sich bereitwillig in einen lebendigen Rammbock. Blob, blob, sagt der Rammbock. Glucker, glucker, sagt mein Bauch.

»Soll ich euch mal zeigen, wie man sich unter Wahnsinnigen Guten Tag sagt?«, schlage ich vor.

Dennis grinst mich blöd an. Ich zeige ihm das Begrüßungsritual. Er bekommt die Nummer mit dem Fingerschnippen und der Pistole nicht richtig hin. Am Ende nehme ich all meine Kraft zusammen und boxe ihm so fest gegen die Brust, dass drei hintereinander aufgereihte Blödköpfe aneinanderbollern. Für einen kurzen Moment des Triumphs sind Dennis, Ole und Luke zu beschäftigt mit Wundern, um mich aufzuhalten. Glücklich wanke ich aufs Schultor zu. Dann fallen sie von hinten über mich her. Als es vorbei ist, sitze ich auf dem Boden und meine Schulsachen liegen verstreut in den Büschen.

Ausgerechnet jetzt kommt Mieke vorbei. Sie eilt zu mir und hilft mir, meine Sachen aufzusammeln. »Waren das Ole, Dennis und Luke?«, fragt sie aufgebracht. »Du darfst dir das nicht gefallen lassen. Wir müssen was dagegen unternehmen. Wir müssen …«

Ich höre nicht hin. Hat sie denn nicht gesehen, dass ich gerade eben noch die drei Blöden reingelegt habe? Ich war schon an ihnen vorbei! Sie haben mich feige von hinten angegriffen.

Mieke sortiert mit raschen Bewegungen meine Bücher und Hefte zurück in die Schulmappe. Ich muss ihr sofort erzählen, wie es wirklich war, und sie gleich danach zu meinem Geburtstag einladen. Aber noch während ich die

Worte über meine Heldentat im Kopf zusammensuche, kommen sie mir schon selbst gelogen vor.

Mieke verschließt die Schnallen meiner Schultasche und reicht sie mir. »Kannst dich ruhig bedanken«, sagt sie.

»Danke«, murmele ich.

Mieke steht auf und wedelt mit der Hand vor ihrer Nase herum. »Puh! Was hast du gegessen?«, fragt sie und verschwindet.

Betrübt nehme ich meine Tasche und schleiche ins Schulgebäude. In der Toilette kann ich endlich meinen Mund ausspülen. Ich sehe mein Gesicht im Spiegel. ›Du hast es wieder nicht geschafft‹, denke ich. Aber die Gelegenheit war auch mehr als ungünstig. Ich muss geduldig sein.

In den nächsten Tagen stelle ich meine Ernährung komplett um. Christoph hat angefangen, wilde Sachen zu kochen, wenn ich aus der Schule komme. Fischstäbchen mit Vanilleeis oder Nudelauflauf mit Gummibärchen.

Außerdem hat er mir ein paar Sachen auf mein Handy überspielt. Jetzt habe ich nicht mehr nur Walgesänge drauf, sondern auch eine Menge Brüll- und Grunzlieder von verschiedenen Bands, deren Namen wie mittelalterliche Foltermethoden klingen. Ich überlege schon, ob ich auch eine Band gründen soll mit dem Namen »Die Maulstachler«. Aber da müsste ich erst mal ein Instrument lernen. Christoph empfiehlt mir Geige. Das sei ein wahres Folterinstrument. Seine Eltern hätten ihm damals eine gegeben, aber nach wenigen Tagen wieder einkassiert, weil seine Musikalität so überschäumte, dass die Polizei vor der Tür stand.

Ich lasse mir von Christoph die Refrains von seinen Liedern vorbrüllen und versuche, ihn nachzumachen. Die Stimme muss rau und heiser klingen. Die verschiedenen Stimmeffekte sind total schwierig. Im Wesentlichen bekomme ich davon Halsweh, aber mit der Zeit auch ein wenig Übung.

»Guten Morgen«, knurre ich, als meine Mutter vom Nachtdienst nach Hause kommt.

»Nacht, mein Großer«, erwidert sie müde. »Ich geh schlafen.«

»Mach mir einen Kakao!«, grunze ich. Wenn sie jetzt gehorcht, heißt das, dass die Stimmveränderung wirkt. Sie schlafwandelt zum Küchenregal, holt die Kakaodose hervor, nimmt die Milch aus dem Kühlschrank und rührt mir einen Kakao an. Ich trinke den Becher in einem Zug leer und rülpse ein »Danke«. Meine Mutter nickt und schlurft Richtung Schlafzimmer.

Unterwegs kommt ihr mein Vater aus dem Badezimmer entgegen. »Guten Morgen«, trällert er. »Was ist? Bekomme ich keinen Kuss?«

»Nein«, knurrt meine Mutter und verschwindet.

Oben springt die Tür des Aquariums auf. Das Gewitter reckt sich und streckt sich und macht sich bereit, die

Treppe herabzudonnern. Ich spüre, wie sich die Luft mit Elektrizität auflädt. Gleich kommt der Einschlag. Mit einem Mal ist es so, als habe der Morgen erst jetzt begonnen. Jetzt kommt die Wahrheit. Jetzt geht die Sonne auf. Gleißend hell und unbarmherzig.

So muss man aufstehen! Den Tag von Anfang an völlig anders anfangen. Die Sonne geht nur auf, damit sie meine Wege bescheinen kann. Oder nein! Mein erstes Gähnen ist der Sonnenaufgang! Ich strecke mich und vorher gibt es keine Autos auf den Straßen. Ich poltere die Treppe hinunter – aber leider habe ich ja keine Treppe mehr. Also poltere ich ohne Treppe in meinem Zimmer herum, stelle mich in die weit geöffnete Tür und fülle das Wohnzimmer mit Elektrizität.

Das ist nicht ganz leicht. Wenn man einfach nur dasteht, passiert nichts. Ich versuche zu zittern wie ein Zitteraal und beobachte, ob die Energiesparbirnen in den Lampen flackern. Nichts. Vielleicht muss ich einfach meine ganze Kraft zusammennehmen? Ich spanne mich fürchterlich an, aber bald bekomme ich keine Luft mehr. Nach noch nicht mal einer Minute stehe ich keuchend in der Tür und schon gehört der Tag nicht mehr mir. Was fehlt denn noch? Ich habe meine Gangart geändert, meine Ernährung umgestellt, ich höre wahnsinnige Musik und auch das mit den Stimmtricks klappt.

Ich brauche eine Tätowierung.

Ich frage meine Mutter, wie viel der brüllende Tiger auf Christophs Brust wohl gekostet hat.

»Viel«, sagt sie und rollt mit den Augen.

Nach der Schule schließe ich mich mit meinem Füller und ein paar Tintenpatronen im Bad ein. Ich ziehe mein T-Shirt aus und betrachte mich im Spiegel. Meine Brust ist ein käseweißes Blatt Papier. DIN-A5 ohne Linien.

Ich setze die Spitze des Füllers an und male mir Herrn Glimm auf die Haut, wie er mit seinem großen Maul gerade einen kleinen Beutefisch fängt. Das Füllerblau sieht aus wie eine echte Tätowierung. Ich brauche kein Tattoo-Studio.

Herr Glimm allein ist noch nicht gefährlich genug. Also male ich den Schwarzen Schlinger neben ihn, der das Maul bedrohlich aufreißt. Ich quetsche eine ganze Patrone für ihn auf meiner Brust aus und vermale sie mit dem Zeigefinger. Aber das alles ist noch nicht verschlungen genug. Das Auge eines zwölf Meter langen Riesenkalmars taucht hinter Herrn Glimm und dem Schwarzen Schlinger auf, seine Tentakel reichen bis zu meinem Bauchnabel.

Aus der Küche höre ich meine Mutter auf meinen Vater einreden. »Wie lange bleibt er denn noch? Das müssen wir endlich mal klären. Ist ja nett, so ein spontaner Besuch, aber jetzt ist auch gut. Ich bin gestresst genug im Krankenhaus! Da brauche ich nicht auch noch einen Notfall zu Hause.«

Mein Vater versucht, sie zu beschwichtigen. »Der hält das nicht mehr lange aus, hier auf dem Land. Der will garantiert bald wieder in die Stadt zurück. Aber so lange soll er sich ausruhen können. Er ist doch Familie!«

»Tolle Familie«, schimpft meine Mutter. »Dein Sohn will sich schon tätowieren lassen. Christoph steckt uns noch alle an mit seinem Wahnsinn!«

Hoffnungsvoll halte ich inne. Also ist er doch ansteckend?

»Tätowieren?«, lacht mein Vater. »Mauritius doch nicht!«

Ich beende eine Reihe großer, zackiger Zähne, die von einer Schulter zur anderen reichen. Sie gehören einem Meeresungeheuer, das noch gar nicht entdeckt wurde. Es wohnt tief unten im Marianengraben und ist so riesig, dass der Riesenkalmar dagegen nur ein Tintenfischblümchen auf einer Meeresfrüchtepizza ist.

Während ich überlege, ob ich zur Orientierung noch eine Tiefenskala auf meine Rippen malen soll, drückt jemand die Klinke der Badezimmertür herunter.

»Mauritius?«, fragt mein Vater. »Ich muss mal rein.«

Schnell stecke ich Füller und Patronen in die Hosentasche, ziehe eilig das T-Shirt wieder an und spüle die Tintenkleckse im Waschbecken weg. Ich öffne die Tür und quetsche mich eilig an meinem Vater vorbei. Mit der Tiefsee unterm T-Shirt stürme ich zu Christoph ins Aquarium. Ich muss prüfen, ob es zur Blitzbildung kommt, bei dem aufgeladenen Wahnsinn auf meiner Brust.

Mein Onkel sitzt im Schneidersitz auf Kugelfisch wie ein Buddha mit geschlossenen Augen und verknoteten Beinen. Seine Hände ruhen nach oben geöffnet auf den Knien. »Schon mal was von Anklopfen gehört?«, grummelt er, ohne die Augen zu öffnen.

Ich spüre, wie mein Herz elektrische Energie zusammentrommelt. »Muss ich anklopfen, wenn ich in mein eigenes Zimmer will?«, frage ich. Ich habe es wirklich laut gesagt. Die Tätowierung wirkt!

»Sorry«, murmelt Christoph leise. »Hast recht. Setz dich!«

Ich versuche, dieselbe Körperhaltung einzunehmen wie er, und brauche ein Weilchen, ehe ich meine Füße mit den Sohlen nach oben gedreht in die Kniebeugen geklemmt habe. Nicht wirklich bequem. Aber wahrscheinlich die Methode für sitzenden Wahnsinn.

Eine Weile verharren wir in vollkommener Ruhe. Ich bin überrascht. Ruhe ist normalerweise nicht Christophs Spezialität. Aber jetzt thront er nur da auf Kugelfisch und sagt gar nichts. Wahrscheinlich ist er gerade wie ein Handy, das aufgeladen werden muss. Geduldig warte ich auf Blitze.

»Warum hast du eigentlich keine Frau?«, frage ich schließlich. Wo auch immer diese Frage jetzt herkommt. Wenn Christoph alles hinbekommt, warum ist er dann allein? Will keine einen Wahnsinnigen oder will er selber nicht?

Onkel Christoph seufzt und hält einen Vortrag über Frauen. Warum sie so eigentümlich seien. Und darüber, dass er durchaus eine Frau habe, aber dass sie jetzt nicht da sei. Und dass er noch eine andere Frau habe, aber dass die auch nicht da sei. Und dass er einen ganzen Strauß von Frauen gehabt habe, die sich aber alle früher oder später für die Vernunft und gegen ihn entschieden hätten. Und dass er deswegen sein Jagdrevier vom Dschungel des Ungewissen in die Steppe der Langeweile verschieben müsse. Und ansonsten alles über Frauen wisse, ich müsse ihn nur fragen.

»Wie macht man das, wenn man eine einladen will, zum Beispiel zum Geburtstag?«, frage ich. »Ich meine, nur eine einzige?«

Christoph macht kurz ein Auge auf. »Geh rüber und klingel«, gibt er mir Bescheid.

»Hab ich schon ausprobiert«, sage ich. »Aber ich hab vergessen, was ich sagen wollte. Gibt es keine einfachere Methode?«

»Schenk ihr eine Kleinigkeit«, schlägt Christoph vor.

»Was denn?«

»Völlig egal. Auf die Geste kommt es an.«

»'ne tote Maus?«

»Quatsch! Blumen oder so. Oder nein, in eurem Alter eher Sammelkarten, Kaugummi, was weiß ich. Von mir aus auch 'ne tote Maus. Mach dir einfach nicht so viele Gedanken, was Frauen denken. Da kommt man sowieso nicht hinter. Du willst sie doch nur einladen. Schreib ihr, dass sie eine süße Schnecke ist und dass sie kommen soll.«

Schnecke? Warum Schnecke? Aber sonst eine gute Idee. Ich schreibe eine Geburtstagseinladung. Sofort jetzt gleich.

Aus dem Schreibtisch meines Vaters krame ich eine alte Postkarte hervor mit unserer Mühle, wie sie früher aussah. Die Vorbesitzer haben meinen Eltern einen ganzen Stapel davon geschenkt.

»Liebe Mieke!«, schreibe ich. Dann fällt mir nichts mehr ein. Ich grübele hin und her. »Du bist eine süße Schnecke …« »An meinem Geburtstag feiere ich meinen Geburtstag …« »Komm zu mir!«?

Noch abends unter der Dusche verknoten sich die Satzteile zu einem kilometerlangen, völlig wahnsinnigen Gestammel, mit dem ich sämtliche Irren dieses Planeten einladen könnte. Ich trockne mir die Haare ab. Sie sehen im Spiegel aus wie ein Büschel umgeknickter Wegweiser in einem Labyrinth. Genauso fühlt sich mein Kopf von innen an. Und durch das lange Grübeln unter der Dusche habe ich mir sämtliche Tätowierungen spurlos abgewaschen. Herr Glimm, Schwarzer Schlinger, Riesenkalmar, alles weg! Die ganze Kraft ist dahin, ich bin wieder ein weißes Blatt Papier. DIN-A5 unliniert.

Wie wird man seinen Onkel los?

Nur noch eine Woche bis zu meinem Geburtstag. Die Geburtstagseinladung habe ich Mieke immer noch nicht überreicht und die morgendliche Aufstehübung mache ich seit einigen Tagen nur halbherzig. Ich gähne – die Sonne geht auf. Ich strecke mich – der Straßenverkehr setzt ein. Ich öffne die Tür, stelle mich auf die Schwelle und blinzele. Nichts passiert.

Ich habe versucht, mir eine richtige Tätowierung auf den Unterarm zu stechen. Mit meinem Zirkel und der Füllertinte. Es tat furchtbar weh. Außerdem konnte ich vor lauter Blut den vorgemalten Maulstachler nicht mehr erkennen. Am Ende musste ich meine Mutter nach einem Pflaster fragen. Sie ist wütend mit mir im Schlepptau zu meinem Vater marschiert und hat ihm mit kaltem Blick das Ergebnis von Onkel Christophs schlechtem Einfluss präsentiert. Sie will, dass Christoph noch vor Ostern verschwindet. »Sonst erlebt ihr, wie das ist, wenn ICH wahnsinnig werde!«

Ein neuer Tag beginnt. Ich wache auf und gähne. Die Sonne hievt sich widerwillig über den Horizont. Ich strecke mich – ein paar Autos kleckern auf die Straßen. Der Bus bleibt liegen. Ich schiebe meine klägliche Figur durch die Tür und blinzele. Warum ist es so hell? Habe ich den Raum elektrifiziert? Ich stürme ans Fenster. Schnee! Überall Schnee! Der Soliner Berg ist unter einer Glitzerdecke verschwunden.

Mit ein paar Hüpfern bin ich oben am Aquarium und reiße die Tür auf. »Onkel Christoph! Es hat geschneit!«

Der Raum ist leer, das Fenster steht sperrangelweit offen. Es ist irrsinnig kalt. Fröstelnd springe ich ans Fenster. Das ganze Land bis zur Ostsee ist weiß. Schnee sitzt auf den Apfelbaumzweigen und auf den Gartenzaunpfählen.

»Hey, Kollege!« Christoph steht nackt zwischen den Bäumen und hält eine mächtige Schneekugel über seinen Kopf. »Soll ich dir mal zeigen, wie man am Nordpol duscht?«

Zur Schule geht es heute mit dem Schlitten. Schwer senken sich die Kufen in den frischen Tiefschnee. Erst geht es nur langsam. Aber direkt unter unserem Gartenzaun ist die steilste Stelle. Der Schlitten nimmt Fahrt auf. In weniger als einer Minute bin ich den Soliner Berg hinabgesaust. Herr Freundlieb ist mit Schneeschippen beschäftigt. Er schnauft angestrengt und verzieht das Gesicht, als er mich sieht. Aber ich spüre ganz klar: Heute ist mein Tag! »Guten Morgen! Ist die Welt nicht wunderschön? So glitzernd, rauchig und schalldicht?!«, rufe ich und kratze mit dem Schlitten über seine blank geschippte Einfahrt.

Vor der Schule warten die drei Blöden auf mich. Sie haben sich bereits hintereinander aufgestellt und wollen mit mir das Begrüßungsritual machen. Angriffslustig boxen sie in die Luft. »Klar!«, sage ich. »Aber vorher zeig ich euch noch, wie man am Nordpol duscht.« Giggelnd beobachten sie, wie ich auf Knien umherrutsche, um eine ordentliche Schneekugel zusammenzurollen. Als sie fertig ist, bitte ich Ole, sie hochzustemmen und bei drei auf mich fallen zu lassen.

Bereitwillig hievt er die Kugel hoch über seinen Kopf und wartet grinsend auf mein Kommando. Hinter ihm nähert sich Mieke der Schule.

»Eins, zwei …«, zähle ich – und drücke Oles Arme auseinander.

Er wird von der Schneekugel vernichtet. Mieke lacht. Und ich laufe diesmal schnell genug ins Schulhaus.

Im Deutschunterricht nehmen wir Frühlingsgedichte durch. Das Vorgelese der anderen vermischt sich mit Christophs Geschrummel auf meinem Handy. Die Kabel meiner Ohrstöpsel sind gut versteckt. Ich blicke in mein

Deutschbuch und spiele es in Gedanken genau durch: Mieke und ich stehen auf dem Schulhof. Ich zeige ihr meinen selbst gestochenen Maulstachler. »Cool«, ruft sie und streift meinen Arm, »hast du das selbst gemacht? Hat das nicht irre wehgetan?« Lässig winke ich ab und lasse die Einladung in ihre Hand flattern. Mieke lächelt und …

… die Musik bricht ab. Frau Jansen hat mir die Ohrstöpsel rausgezogen, stopft sich einen von ihnen ins Ohr und runzelt die Stirn.

»Das ist die Musik von meinem Onkel«, sage ich schnell. »Habe ich extra für Sie mitgebracht, mit einem Gruß von ihm.« ›Ganz schön freche Behauptung‹, denke ich. Onkel-Christoph-frech. Aber sie wirkt!

»Der schuldet mir noch einen Kaffee«, sagt Frau Jansen, kassiert das Handy ein und geht betont lässig zurück an ihr Pult. Ich habe genau gesehen, dass sie ein bisschen rot geworden ist.

Nach der Stunde bekomme ich mein Handy mit einer Verwarnung zurück und in der Pause wollen alle mal hören. Ein Knubbel hat sich um mich gebildet. Sogar die drei Blöden haben vergessen, dass sie mich noch mit Schnee einseifen müssen. Ich blicke mich um. Mieke steht ein bisschen abseits, eingewickelt in Schal und Mantel. Ich überlasse mein Handy dem Knubbel, löse mich unbemerkt aus der Menge und gehe zu ihr. Jetzt oder nie. Heute glückt mir alles! Ich darf nur nicht anfangen zu zögern!

Stumm streife ich meinen linken Jackenärmel hoch, ziehe das Pflaster ab und zeige Mieke die missglückte Tätowierung. »Maulstachler«, flüstere ich tonlos.

»Hat er dich gebissen?«, fragt sie.

Ich nicke. Dann zücke ich die Geburtstagseinladung aus meiner Jackentasche, in der ich sie seit Tagen mit mir herumschleppe, und überreiche sie ihr.

Mieke liest. »Da steht nur ›Liebe Mieke!‹ …«, sagt sie verwundert. Ihre Nase ist rot vor Kälte. Ihr Atem bildet Wölkchen.

Stimmt. Vor lauter Hin-und-her-Formulieren konnte ich mich für keinen Text entscheiden. Ich habe noch nicht mal das Wort »Geburtstag« draufgeschrieben, geschweige denn das Datum. Mieke schaut mich erwartungsvoll an. Nach ein paar ewig langen Sekunden spanne ich meinen Körper an und schlucke Luft. Der Stimmtrick muss mich retten. »Willst du zu meinem Geburtstag kommen?«, krächze ich.

Mieke kichert. »Wie bitte?«

Ich schlucke wieder Luft und wiederhole meine Frage. Diesmal kommt nur noch ein armseliges Fiepen heraus.

Mieke fängt an zu lachen.

»Geburtstag«, grunze ich verzweifelt, während Miekes Freundinnen auftauchen und uns umringen. »Frt!«

»Geburtstag?«, wiederholt Mieke. »Am Freitag? Soll ich kommen?«

Endlich hat sie mich verstanden. Aber ihre Freundinnen auch. »Feierst du?«

Mittlerweile haben sich die drei Blöden angeschlichen. »He, der Blobfisch hat Geburtstag!«, ruft Dennis.

»Wahnsinn, toten Untergang!«, brüllt Luke begeistert. »Wir kommen! Ist dein Onkel auch da?«

Hilfe! Ich will nicht, dass alle zu meinem Geburtstag kommen. Wenn alle kommen, verliere ich den Überblick. Ich kann mich nur auf einen Gast konzentrieren. Und nein, Onkel Christoph soll nicht da sein. Wenn er da ist, wird das nicht mein Tag, sondern seiner. An meinem Geburtstag ist nur Platz für einen Wahnsinnigen. Und der bin ich.

Die Frage ist: Wie werde ich Christoph los? Als er mich zur Schule gebracht hat, ist er auch nicht gegangen, nur weil ich das wollte. Und bislang wirkt es nicht so, als würde ihn eine unwiderstehliche Kraft in die Großstadt zurückziehen, wie mein Vater vermutet.

Im Gegenteil. Er fühlt sich total wohl bei uns. Er hat sich mit den Apfelbäumen im Garten angefreundet. Er liebt ihre Geduld. Den ganzen Winter stünden sie einfach nur da, ohne zu klagen. Er hat sie einzeln umarmt und wollte ihnen Decken bringen. Gleich danach wollte er Holz hacken für den Kamin. Zum Glück hat er keine Axt gefunden. Neulich stand er breitbeinig vor der Mühle, hat über das verschneite Land bis zur Ostsee geschaut, die kalte Luft durch die Nase eingesogen und gesagt: »So könnte ich leben.« Er hätte auch gleich sagen können: »Alles gehört mir.

Ich gehe hier nie wieder weg.« Vielleicht sollte ich Frau Jansen dazu bringen, an meinem Geburtstag einen Kaffee mit ihm trinken zu gehen. Oder besser einen Tee. Den mag sie lieber. In einer schönen warmen Teestube weit weg von der Mühle.

Nach der Schule postiere ich mich etwas abseits des Schultors und tue so, als würde ich auf Christoph warten. Nach einiger Zeit kommt Frau Jansen über den frei gefegten Bürgersteig auf mich zu. »Na? Hat dich dein Onkel wieder versetzt?«

»Der kommt noch«, beruhige ich sie. »Er darf nur nicht pünktlich sein. Er will doch nicht langweilig werden.«

Frau Jansen geht zu ihrem Auto. Ich muss handeln! Sie muss ihn einladen! Schnell hüpfe ich mit schlenkernden Armen im Federschritt hinter ihr her. Sie wendet sich verwundert um, während sie ihre Tür aufschließt. Nervös hüpfe ich auf der Stelle. »Mein Onkel trinkt neuerdings auch gerne Tee«, teile ich ihr mit.

»Schön«, sagt Frau Jansen.

»Er trinkt Tee inzwischen sogar lieber als Kaffee«, füge ich hinzu.

»Tatsächlich?«

»Sie könnten ihn am Freitag einladen.«

»Wie bitte?«

»Freitag hat er Zeit. So gegen drei. Vielen Dank!« Ich drücke ihr einen Papierschnipsel mit Onkel Christophs Handynummer in die Hand und hüpfe schnell davon.

Hoffentlich wirkt es. Es wäre die einfachste Methode. Andererseits sollte ich mich nicht allein auf Frau Jansen verlassen. Ich muss die Sache von zwei Seiten angehen. Mit Christoph zu reden wird allerdings nicht helfen. Es müssen andere Maßnahmen her. Vielleicht hilft gegen meinen Problemonkel nur das Gesetz. Wer etwas gesetzlich regeln will, macht es schriftlich. An das Gesetz müssen sich alle halten, sogar die Wahnsinnigen.

Zu Hause hole ich eine der Windmühlenkarten aus dem Schreibtisch meines Vaters. »Lieber Christoph!«, schreibe ich. »Ich feiere am Freitag meinen zwölften Geburtstag. Bitte geh an diesem Tag sehr weit entfernt sehr lange Tee trinken. Es wäre außerordentlich nett von dir. Sei nicht böse, aber du bist extrem unerwünscht an diesem Tag. Dein Mauritius«.

Mit der Karte laufe ich hinauf ins Aquarium. Christoph springt mit seiner E-Gitarre umher, stößt mit schalldichten weißen Kopfhörern gegen die wenigen Fischmodelle, die noch von der Decke hängen, und nickt im Takt der Musik. Wenn er seine Kopfhörer aufhat, ist er nicht mehr erreichbar.

Stumm halte ich ihm die Karte hin. Gegen die Schriftlichkeit kann auch er nichts machen. Zumindest nicht auf Dauer. Christoph sieht die Karte, aber er liest nicht. »Ich bleibe jetzt so lange hier stehen, bis du die Karte liest«, teile ich ihm mit. Es ist mir egal, ob er mich hört oder nicht.

»Was gibt's, Kollege?«, schreit mein Onkel.

Ich halte weiter starr die Ausladung hoch. Es ist ziemlich anstrengend. Die Karte ist zwar sehr leicht. Aber wenn man sie lange hält, nimmt ihr Gewicht auf unvorhergesehene Weise zu. Sie wird irgendwann so schwer wie ein Buch und dann so schwer wie eine Schultasche. Aber das kann ich jetzt nicht mehr ändern. Wenn ich aufgebe, habe ich verloren. Unerbittlich strecke ich Christoph den Arm des Gesetzes entgegen. Hat er die Karte längst gelesen? Lässt er es sich nur nicht anmerken? Er versucht, die Schriftlichkeit zu ignorieren, und wabert vor meinen Augen herum wie ein Riesenkrake. Ist er schon beleidigt? Seine Miene bleibt ungerührt. Er versteckt sich. Er ist vermutlich noch nicht mal verrückt! Er will nur ein angenehmes Leben hier bei uns führen. Aber lange wird er das Spiel nicht durchhalten.

Ich hole tief Luft und beschließe, in Atemstreik zu treten, bis er nachgibt. Meinen Arm spüre ich nicht mehr. Aber ich halte durch. Im Luftanhalten bin ich gut. Eine Wolke hat sich vor die Sonne geschoben. Es wird dunkler im Zimmer. Ein Gewitter braut sich über Christoph zusammen. Mein Kampf zeigt Wirkung. Christoph beginnt zu verblassen. Er verschwimmt. Er löst sich in kleine bunte Punkte auf. Die Sonne ist hinter einer sehr schwarzen Wolkenwand verschwunden.

Plötzlich fühlt sich mein Körper leicht an. Als würde ich unter Wasser schweben. Von Christoph sind nur noch die weißen Kopfhörer übrig geblieben. Sie verwandeln sich in zwei Quallen und schwimmen davon. Ihr Leuchten verschwindet im Dunkel. Ich habe gesiegt! Christoph ist weg. Mieke reitet auf einem Seepferdchen vorbei. Ich möchte ihr folgen und endlich wissen, ob sie meine Einladung annimmt. Aber ich kann mich nicht bewegen. Stattdessen zieht es mich in die Tiefe.

Die Oberfläche ist fern. Vergeblich rufe ich nach Herrn Glimm. Ich sinke haltlos ins Nichts, ringe um Luft, atme Wasser ein, huste und pruste und schlage mit den Armen um mich.

»Mann, Junge!«, sagt Christoph.

Ich liege auf meinem Bett im Aquarium und reibe mir den Kopf. Da ist eine Beule. Mein Gesicht ist nass. Christoph hält einen Waschlappen in der Hand. »Was machst du für Sachen«, sagt er sanft. »Kippst mir einfach aus den Latschen. Du hast mir echt Angst eingejagt.«

Neben dem Bett liegt die Geburtstagsausladung auf dem Boden. Christoph folgt meinem Blick und hebt die Karte auf. »Lieber Christoph!«, liest er. »Ich feiere am Freitag meinen zwölften Geburtstag … Wow, super! Gratuliere, Kollege! Was wünschst du dir?«

»Ein U-Boot«, krächze ich, »damit ich wegtauchen kann und meine Ruhe vor dir hab.« Aus meinem Körper kommt kaum Stimme heraus.

»Okay«, sagt Christoph und nickt lässig. »Wie groß? Welche Farbe?«

»Klein. Schwarz«, huste ich.

»Ich werd sehen, was sich machen lässt«, verspricht Christoph. »Aber jetzt machen wir erst mal was zu essen. Ich habe tierischen Hunger.«

Es ist unglaublich! Es nützt alles nichts. Noch nicht mal eine schriftliche Geburtstagsausladung kann ihm etwas anhaben. Hat er sie überhaupt ganz gelesen oder hat er in seinen Augen eine Sicherheitsbremse? Mein Onkel ist der Meister. Er federt einfach alles Negative um sich herum ab. Es erreicht ihn nicht. Jetzt hilft nur noch ein Wunder!

Perle

Ich wache auf. Beim ersten Gähnen verschlucke ich mich an den dicken Wolken, hinter denen die Sonne schon seit ein paar Tagen verschwunden ist. Es hat ununterbrochen geschneit. Die Autos sind unter Schneehauben verschwunden. Da hilft kein Recken und kein Strecken. Nichts setzt sie in Bewegung. Ich öffne die Tür und blinzele zum Fenster hinaus.

Christophs Wagen ist verschwunden. Ich laufe hoch ins Aquarium. Christophs große schwarze Reisetasche, seine Gitarre und die Lautsprecher sind fort. Das Zimmer ist leer und aufgeräumt. Sogar die Fischmodelle hängen wieder an ihren Plätzen. Sie hängen etwas falsch, nicht auf der richtigen Höhe. Aber sie hängen. Auf dem Schreibtisch liegt die Geburtstagsausladung mit der Schrift nach oben. Er muss sie gelesen haben.

Am Frühstückstisch fragen sich meine Eltern, wo Christoph bleibt.

»Der ist weg«, sage ich.

»Na so was«, wundert sich meine Mutter, »ausgerechnet heute! Na ja, mach dir nichts draus. So haben wir wenigstens ein bisschen Ruhe. Herzlichen Glückwunsch, mein Großer!«

»Happy Birthday to you, Marmelade im Schuh!«, singt mein Vater und hebt mich dreimal hoch. Es fällt ihm ziemlich schwer. Er hat vergessen, dass ich nicht mehr fünf bin. Sie haben meinen Platz geschmückt. An meinem Stuhl hängen eine Taucherbrille, Schnorchel und Flossen und auf meinem Teller liegt ein Briefumschlag – ein Gutschein für einen Tauchkurs!

Ich freue mich. Ehrlich. Es ist kein Fußball. Sie haben sich etwas gedacht!

Zur Feier des Tages gibt es Pfannkuchen zum Frühstück. Ich mache mir einen dreilagigen mit Schokocreme und Marmelade. Heute keine Sardellen. Es ist ruhig beim Frühstück. Fast ein bisschen zu still.

Meine Mutter greift nach meiner Hand. »Er hat es einfach vergessen. Er kommt bestimmt später wieder«, versucht sie mich zu trösten.

»Seine Sachen sind weg«, werfe ich mit vollem Mund ein.

»Ich hab doch gesagt, dass er früher oder später in die Stadt zurückgeht«, murmelt mein Vater. Er wirkt nervös, aber dann reißt er sich zusammen und will wissen, wie viele Gäste ich eingeladen habe.

»Eigentlich nur einen«, murmele ich.

Mein Vater hebt die Augenbrauen. Meine Mutter lächelt in sich hinein.

Es hat aufgehört zu schneien. Der Hang unterhalb unseres Gartenzauns ist von den Schlitten sämtlicher Kinder Groß-Solins glatt gefahren worden. Ich muss schon richtig bremsen, um nicht gegen Herrn Freundliebs Gartenzaun zu prallen.

In der Schule singt die Klasse »Happy Birthday« für mich.

Sogar die drei Blöden sind heute nett zu mir. »Happy Birthday, lieber Blobfisch«, brüllen sie und klopfen mir auf die Schulter. Draußen vor dem Fenster schummelt sich die Sonne durch die Wolken.

»Und feierst du heute?«, fragt Frau Jansen.

»Ja!«, ruft eine von Miekes Freundinnen. »Aber er hat nur Mieke eingeladen!«

»Der Blobfisch ist verknallt«, kräht Luke.

In der Klasse wird leise gepfiffen. Manche geben bedeutungsvolle Töne von sich. Mieke wird angestupst und bekommt einen hochroten Kopf.

Ich spüre, wie der Raum sich mit Elektrizität auflädt. Sie strömt direkt aus meiner Brust und ich springe auf. »Stimmt gar nicht!« Alle Köpfe fliegen zu mir. »Ich habe nicht nur Mieke eingeladen ...« Es wird grabesstill. Ich breite die Arme aus. Ein riesiges Meerungeheuer reißt sein Maul auf. »... sondern die ganze Klasse!«

›War das wirklich ich?‹, frage ich mich, als ich nach der Schule den Schlitten den Berg hinaufziehe. Habe ich jetzt wirklich alle eingeladen? Das war nur ein Witz, oder? Die kommen nicht. Die kommen bestimmt nicht. Das wäre eine Katastrophe. Und Mieke kommt bestimmt auch nicht. Es war alles von vorneherein nur ein Witz. Mein ganzer Geburtstag ist ein Witz. Ich bin eigentlich gar nicht geboren worden.

Ich bleibe am Straßenrand stehen. Die Luft ist still. Das Land ist weiß. Der Sonnenball hat sich in einen milchigen Himmel zurückgezogen. Mein Atem bildet kleine, hilflose Wolken. Ich habe mich wirklich bei Onkel Christoph angesteckt. Ich bin wahnsinnig geworden. Ich habe mich nicht mehr unter Kontrolle.

›Und mein Geburtstag?‹, überlege ich, als ich abgekämpft an der Mühle anlange. Am besten, ich schließe mich gleich in mein Zimmer ein, lasse die Rollläden runter und warte dort ab, bis der Tag vorüber ist. Der Geburtstag ist ein Irrtum. Niemand wird kommen.

Erschöpft schleppe ich mich durch den zerstapften Tiefschnee um die Ecke zum Schuppen im Garten. Dann bleibe ich entgeistert stehen. Die Schlittenkordel entgleitet meiner Hand.

Im Garten steht ein U-Boot.

Ich mache zwei Schritte darauf zu und bleibe wieder stehen. Dann noch zwei Schritte. Mein Herz klopft bis zum Hals. Das hier könnte der Beweis sein, dass ich in die Irrenanstalt gehöre. Ich drücke die Augen so fest zu, bis ich bunte Kreise sehe, und öffne sie wieder. Das U-Boot ist immer noch da. Es muss sich um eine Halluzination handeln. Wenn man geisteskrank wird, kann so was vorkommen. Ich wusste bloß nicht, dass Halluzinationen so echt aussehen. Ich dachte immer, sie flirren oder sind halb durchsichtig. Aber das zäpfchenförmige Ding da vorne steht so fest vor mir wie eine Tatsache.

Es ist etwa vier Meter lang, orange lackiert, hat eine gläserne Nase und auf dem Rücken zwei runde, gläserne Kuppeln. Hinten befindet sich die Schiffsschraube. Alles dran, was ein U-Boot braucht. Das Ganze ruht auf einem schlittenartigen Metallgestell und steht dort, als sei es der normalste Gegenstand der Welt. Als hätte jeder ein U-Boot im Garten. Plötzlich ploppt Onkel Christoph mit seiner E-Gitarre aus einer der Kuppeln hervor und spielt bei voll aufgedrehtem Verstärker »Happy Birthday«. Schrille Rückkopplungen zerfetzen die Luft.

»Alles Gute zum Geburtstag, Kollege!«, brüllt mein wahnsinniger Onkel. »Geschenk für dich!«

Langsam begreife ich, dass tatsächlich keine Halluzination vor mir steht. Christoph ist nicht abgereist. Er hat mir zum Geburtstag ein U-Boot besorgt.

»Hab leider kein schwarzes gefunden«, erklärt er munter, »aber orange ist auch schön, oder? Wie eine Koralle. Wenn du willst, können wir es natürlich schwarz überpinseln. Du hast dir doch ein U-Boot gewünscht, oder?«

Ich nicke langsam.

Erleichtert atmet Christoph auf. »Und stell dir mal vor! Da hat mich doch tatsächlich deine Lehrerin angerufen und wollte unbedingt mit mir Tee trinken gehen. Ausgerechnet heute! Ich hab natürlich abgesagt. Schließlich hat mein Lieblingsneffe Geburtstag. Außerdem mag ich lieber Kaffee. War gar nicht so leicht, sie abzuwimmeln.«

Mir wird schwummerig. »Ich dachte, du bist abgereist!«

»Abgereist? Doch nicht an deinem Geburtstag!«, entrüstet sich Christoph. »Ich bin nur in den Schuppen umgezogen. Ich hab dein Aquarium lange genug blockiert. Und jetzt guck dir dein Geschenk an! Sie heißt Perle.«

Wie ferngelenkt stapfe ich auf das U-Boot zu, umrunde es einmal, sehe von vorne durch die gläserne Nase, klettere auf die seitlich angebrachte Stange und stecke den Kopf ins Innere. Unter den Glaskuppeln befindet sich jeweils ein Sitz. Um den Vordersitz herum gibt es jede Menge faszinierender Instrumente. Anzeigen, Hebel, Knöpfe. Ich habe keine Ahnung von U-Boot-Technik, aber das da müsste ein Tiefenmesser sein, und der Schalter dort …

In diesem Augenblick höre ich das Auto meiner Eltern. Türen klappen. Mit einer großen Tortenschachtel in der

Hand biegen die beiden um die Ecke und erstarren. ›Nicht die Torte fallen lassen‹, denke ich. Aber meine Mutter hält die Tortenschachtel fest umklammert. ›Nicht die Torte zerquetschen‹, denke ich. Meine Mutter stellt die Torte sacht auf dem verschneiten Gartentisch ab. Ihre Bewegungen sind langsam und kontrolliert. Dabei behält sie unentwegt das Unerklärliche im Auge.

»Was ist das?«, fragt mein Vater ruhig. Er geht ein bisschen in die Knie und hält die Hände schützend nach vorne.

»Das ist Perle«, sagt Christoph. »Sie hat gehört, dass Mauritius heute zwölf wird. Da ist sie fix quer durchs gesamte Internet geschippert. Und hier ist sie. War ganz billig. Gebraucht. Ebay.«

Die Knie meines Vaters geben ein wenig nach, dann strecken sie sich wieder. »Gebraucht. Ebay«, wiederholt er.

»Du hast ein Ufo auf Ebay gekauft«, stellt meine Mutter fest.

»Nein, nein«, berichtigt Christoph. »Kein Ufo. Ein U-Boot.«

Gebraucht? Ich schnuppere ins Innere hinein. Alles ist blitzblank und sauber. »Es riecht aber neu«, sage ich.

»Ist auch neu«, bestätigt Christoph.

»Aber du hast ›gebraucht‹ gesagt.«

Christoph grinst. »Nur so. Damit dein Vater nicht gleich wieder denkt, ich bin verrückt.«

Meine Eltern wechseln einen bedeutungsschweren Blick. Dann verschwinden sie, ohne ein Wort zu sagen, in der Mühle. Von drinnen kleckern hektische Stimmflecken meines Vaters heraus. »Ich weiß doch auch nicht, woher er …« und »Mach doch nicht mich verantwortlich, wenn …!«

Christoph legt mir eine Hand auf die Schulter. »Was ist? Setz dich rein!«

Besorgt schiele ich zur Mühle. Meine Eltern sind mit Streiten beschäftigt. Wie magnetisch wandern meine Augen zurück zum U-Boot. Gehört es wirklich mir? Zögerlich klettere ich durch die vordere Einstiegsluke. Christoph steigt hinter mir ein und zeigt mir, wie man die Glaskuppeln wasserdicht verschließt. Ehrfürchtig setze ich mich auf den Fahrersitz und blicke durch die Glasnase ins Freie. Um mich herum ist alles voller Hebel und Knöpfe, aber ich traue mich nicht, auch nur einen von ihnen zu berühren.

Christoph nestelt von einem kleinen Ring mit zwei daran zappelnden Schlüsseln einen ab und überreicht ihn mir feierlich. Er zeigt auf ein Zündschloss am Armaturenbrett. »Na los, schalt sie an!«

Ich stecke den Schlüssel vorsichtig ins Schloss und drehe ihn um. Ein leises Summen ertönt. Knöpfe und Digitalanzeigen leuchten auf. Ein Scheinwerfer strahlt die verschneiten Kronen der Apfelbäume an. Christoph erklärt mir den Steuerknüppel fürs Ruder und lässt mich den Hebel zum Abtauchen und die Schiffsschraube ausprobieren.

Gas geben, Gang drosseln. Es rumpelt. Ich bin begeistert. »Woher kannst du das alles?«, frage ich.

»Kleine Probefahrt im Hafenbecken«, sagt Christoph. »Ich musste mich doch vergewissern, dass die mir keinen Schrott andrehen.«

»Kann ich auch mal mit? Morgen?«

»Morgen, übermorgen, wann du willst! Von mir aus erforschen wir die gesamte Tiefsee bis nach Wladiwostok.«

»Auch bis zum Marianengraben?«

»Marianengraben, Christinengraben, Bermudagraben, egal!«

»Versprochen?«

»Versprochen!«

Wir schlagen ein, Fingerhakeln, Pistole, Brustklopfen. Onkel Christoph ist der beste Problemonkel, den ich jemals hatte! Mir ist heiß. Mein Leben wird nie mehr dasselbe sein!

Später sitzen wir am Esstisch und löffeln Suppe.

»Wann kommen die Gäste?«, erkundigt sich mein Vater. »Oder kommen keine Gäste?«

»Um drei«, teile ich ihm mit und puste auf den dampfenden Suppesee in meinem Löffel. Japangraben, Philippinengraben, Tongagraben, spult mein Hirn ab.

»Wie viele?«, fragt mein Vater.

»Die ganze Klasse«, sage ich. Kurilengraben, Miekegraben …

Mein Vater schlürft seinen Löffel leer und nickt. »Dafür reicht die Torte nicht«, stellt er nüchtern fest.

»Die ganze Klasse?«, freut sich Onkel Christoph. »Wahnsinn! Wir machen einen Schneemannwettbewerb oder wir bauen eine Iglustadt. Der Schnee sollte reichen. Oder noch besser: ein Schlittenrennen!«

Meine Mutter löffelt konzentriert. Sie beschäftigt sich mit der Suppe wie mit einem Kreuzworträtsel. »Gut«, sagt sie und schaut auf die Uhr. »Wir haben noch genau siebenundvierzig Minuten Zeit. Einer von euch fährt jetzt zum Supermarkt und besorgt Brezeln, Streuselkuchen und Kinderpunsch. Die beiden anderen holen die Plastikplane und das Absperrband aus dem Schuppen.«

»Absperrband?«, frage ich. »Wozu?«

»Kein Kind nähert sich dem Ufo!«, bestimmt meine Mutter.

»U-Boot«, korrigiert Christoph.

»Ufo, U-Boot, Rasenmäher!«, platzt meine Mutter. »Das Ding kommt unter die Plane. Und dass es mir keinen einzigen Kratzer abbekommt! Ist das klar?« Ihr Blick lässt jeden Widerspruch in tausend Stücke zerspringen.

Eine Dreiviertelstunde später stehen wir im Garten und warten auf den Sturm. Christoph hüpft hinter einem Biertisch mit Plastikbechern und einem dampfenden Kessel Kinderpunsch herum, wie ein Boxer, der sich warm macht. Perle ruht unter einer dunkelgrünen Plane. Um sie herum flattert das Absperrband sanft im Wind. Mein Vater zurrt noch einmal die Kordel fest, die durch die Ösen der Plane verläuft, während sich meine Mutter drinnen ums Essen kümmert.

Ich stehe vorne an der Terrassenkante zum abschüssigen Garten und schaue wie ein Feldherr den Hügel hinab. Der Himmel ist bedeckt. Ein diesiger Nebel zieht vom Schlittenhang herauf und verschluckt die kahlen Zweige der Apfelbäume.

»Drei Uhr!«, ruft mein Vater unheilvoll.

Dort kommen sie. Ich kann sie sehen. Einzeln, in Gruppen, schälen sie sich aus dem Nebel und erklimmen den Soliner Berg. Mein Vater strafft sich. Christoph hört auf, Löcher in die Luft zu boxen. Wir starren unserem Schicksal entgegen.

»Sie kommen«, sage ich. Meine Gäste sind da. Der Geburtstag kann beginnen.

Wahnsinnsgeburtstag

Es ist wie eine Invasion. Alle sind gekommen. Sie haben ihre Schlitten dabei und rammen sie nun vor dem Gartenzaun aufrecht in den Schnee. Traubenweise klettern sie über den Zaun und gratulieren mir. Ole und Dennis boxen mir fröhlich in die Seite, während Luke mir ihr gemeinsames Geschenk in die Hand drückt: einen blobfischförmigen Knubbel Geschenkpapier. »Mach schon auf«, kräht er.

Ich fummele am Klebeband herum, aber es geht ihnen nicht schnell genug. Dennis sticht mit einem Zweifingerhieb ein Loch ins Papier und sie rupfen zu dritt an ihrem Verpackungsunglück herum. Zum Vorschein kommt eine Dose mit grünem glibberigem Schleim. Danke.

Gierig greifen sie in die Dose und zeigen mir die vielfältigen Anwendungsmöglichkeiten. Man kann den

Schleim gegen Fenster werfen. So. Klebrig schmatzend rollt er die Scheibe hinab. Oder man kann ihn in der hohlen Hand verstecken. »Guten Tag«, sagt Dennis und packt meine Hand. Kühler Schwabbel saugt sich an meinen Fingern fest. Als ich ihn abschüttele, landet er auf der Jacke meines Vaters. Panisch zupft er daran und schleudert ihn versehentlich auf Perles Plane.

»Was ist da drunter?«, will Ole wissen.

»Ein Rasenmäher!«, rufen mein Vater, Onkel Christoph und ich gleichzeitig.

»Ein Rasenmäher?«

»Wirklich?«

»Kann man auf dem fahren?«

»Dürfen wir mal sehen?«

»Das geht nicht«, stottert mein Vater. »Der hat … also, der hat ganz scharfe Messer, da kann man sich verletzen und …«

»… und wir machen jetzt eine Schneeeeeballschlacht!«, ruft Onkel Christoph und pfeffert einen Schneeball auf Dennis. In wenigen Sekunden ist eine wilde Schlacht im Gange. Christoph und die drei Blöden bombardieren den Rest der kreischenden Klasse und jagen sie um die Mühle herum. Für einen Moment sind alle verschwunden und ich stehe alleine in der Gegend herum.

Ist das jetzt mein Geburtstag? Trübselig stehle ich mich ins Haus, krieche müde die Treppe hoch und schleiche in mein Aquarium. Durchs Fenster beobachte ich den Fortgang der Schlacht. Ich bin ein in Vergessenheit geratener Feldherr, der eigentlich gar nicht in den Krieg ziehen wollte. Mieke kann ich in dem Gewühl nicht entdecken. Natürlich ist sie nicht gekommen. Das war ja klar. Sonst hätten sich wieder alle über uns lustig gemacht. Ich wollte nur einen Gast haben und jetzt habe ich alle außer dem einen.

Weit unten im Garten, wo der Schnee noch unberührt ist, haben sie angefangen, Schneemänner zu bauen. Dort knien sie gemeinsam und aus ihren Mündern kommen Dampfwolken. Überall nur glückliche Gesichter.

Onkel Christoph läuft zwischen den Grüppchen umher, gibt Tipps, hilft beim Hochheben von Schneekugeln. Ihm fällt nicht auf, dass ich nicht da bin. Niemandem fällt es auf. Gut so. Sollen sie ohne mich feiern. Ich bin rausgefallen aus meinem Geburtstag. Mir ist kalt.

Und dann sehe ich sie endlich. Mieke steigt über den Gartenzaun, mit einem Geschenk in der Hand, und schaut sich suchend um. Ihr Blick wandert zur Mühle, zum Kinderpunsch, zum Eingang und dann hinauf zu meinem Fenster. Als sie mich entdeckt, erstarre ich zur Statue. Mein Herz klopft. Ich höre die Haustür, leise Schritte und ein Rascheln auf der Treppe. Dann klopft es leise und verschwörerisch.

›Herein!‹, denke ich.

Zirpend senkt sich die Klinke, Mieke schlüpft ins Zimmer und schließt behutsam die Tür. Sie bringt frische

Schneeluft mit. »Falls du mit deinen Gästen Verstecken spielst, habe ich jetzt gewonnen«, sagt sie und streckt mir strahlend ihr Geschenk entgegen. Kategorie: Großes Buch, das nicht ins Regal passt.

Umständlich knibbele ich das Klebeband vom Geschenkpapier. Mieke wartet ungeduldig, greift aber nicht dazwischen. Zum Vorschein kommt ein Album aus dicken Kartonseiten. Fotos?

»Klapp schon auf«, sagt Mieke und flattert mit den Händen. Über ihr baumeln die Tiefseefische im Luftzug.

Ich schlage die erste Seite auf. Ein dicker, roter Papierkrebs springt mir entgegen und schnappt mit seinen Scheren nach meiner Nase. Es ist ein dreidimensionales Pop-up-Bilderbuch. Fasziniert starre ich auf den Mechanismus. »Hast du das selbst gemacht?«, frage ich ungläubig.

Mieke nickt und blättert um. »Ist mein Hobby. Aber bis jetzt hab ich nur Karten gemacht. Guck, ist sogar ein Schwarzer Schlinger drin.«

Vor mir faltet sich ein gieriges, riesiges Kiefernpaar auf, an dem ein dünner, schlangenartiger Fischkörper klebt. Ein kleiner Laternenfisch wandert beim Auf- und Zuklappen ins Maul und wieder heraus.

Mieke ist begeistert. »Ich hab im Internet nachgeguckt, wie der aussieht. Genau wie du gesagt hast. Mehr Maul als Fisch.«

Still blättere ich weiter. Ein Monster aus Scheren und Augen sprießt empor. In seinen Scheren klemmt ein winziger Wal. Die nächste Seite. Ein Seepferdchen in einer Höhle und ein kleines U-Boot. Aus den Bullaugen schauen zwei Köpfe.

»Du und ich«, sagt Mieke.

Ich blättere um. Eine leere Seite.

»Mehr habe ich nicht geschafft«, sagt Mieke verlegen.

Ich blättere weiter und weiter. Tatsächlich, nur noch leere Seiten.

Mieke beißt sich auf die Lippen. »Wenn du willst, nehm ich es wieder mit und mach noch mehr.«

Ich schüttele den Kopf. Das Buch gebe ich nicht mehr her. Es ist schon das zweite schönste Geschenk meines Lebens am heutigen Tag. Schon wieder hat sich mein Leben verändert.

Mieke hat ihren Kopf in den Nacken gelegt und staunt die Fischmodelle an. »Hast du die alle selber gemacht? Die sind ja noch viel besser als das Buch.«

Meine Modelle kommen mir vor wie klobige Matschklumpen.

Mieke lässt sich auf Kugelfisch plumpsen und zeigt auf die blaue Wand. »Das ist ja wie unter Wasser hier.«

»Die gehört eigentlich schwarz«, erkläre ich hastig. »Durfte ich aber nicht.«

Dann entdeckt sie den Krakenkronleuchter. »Oh Mann! Ich wollte, wir könnten wirklich mal in die Tiefsee. In echt. In einem richtigen U-Boot.« Verträumt schaut sie zur Decke.

Vor meinen Augen falten sich Algen, Felsen, Höhlen im Wellenrhythmus auf und wieder zusammen. Die Pappmaché-Fische tanzen in stummer Zeitlupe über unseren Köpfen.

»Ich habe eins«, sage ich.

»Ein U-Boot?«

»Ja.«

»Quatsch!«

»Doch! Im Garten.«

»Zeig!«

Mieke wurschtelt sich aus Kugelfischs knirschigem Klammergriff heraus und ploppt vor mir in die Höhe. Blanken Unglauben im Gesicht.

»Okay. Aber du musst leise sein. Es darf keiner merken.«

Weit unten im Garten sind sie alle mit ihren Schneemännern beschäftigt. Mieke und ich huschen geduckt zu Perle, ich löse die Kordel, mit der die Plane ringsum an den Ösen festgezurrt ist, und wir schlupfen darunter. Mieke steht vor der Bootswand und sieht mich ungläubig an.

»Hab ich geschenkt bekommen. Von Onkel Christoph.«

»Du hast ein U-Boot geschenkt bekommen?«, flüstert sie. »Cool! Ich will auch einen wahnsinnigen Onkel haben.«

Ich klettere auf die seitliche Trittstange und stemme die vordere Glaskuppel hoch. »Schnell«, flüstere ich Mieke zu. Sie klettert an mir vorbei und zwängt sich kopfüber in die Kabine. Eilig lasse ich mich neben sie auf den Sitz fallen und schließe die Kuppel. Unter der Plane ist es schummrig. Ich drehe den Zündschlüssel um. Die Armaturen leuchten auf.

Mieke seufzt. »Wir müssen leise sein«, wispert sie, »wir sind in der Tiefsee.«

»Genau«, flüstere ich. »Sonst werden wir vom Schwarzen Schlinger verschlungen.«

Perle summt, Mieke kichert und ich bin glücklich. Ich feiere Geburtstag im Geburtstag.

»Wirst du wirklich unter Wasser fahren?«, fragt sie.

Ich nicke. Klar mache ich das. Wer sonst sollte mit einem U-Boot eine Unterwasserreise bis in die tiefsten Tiefen des Marianengrabens unternehmen, wenn nicht ich.

»Nimmst du mich mit?«, flüstert sie leise.

Natürlich nehme ich sie mit! Wir werden zusammen in die unermessliche Schwärze zu den seltsamsten Geschöpfen der Welt sinken.

»Schwör«, sagt Mieke und hält mir ihre Hand vor den Mund. »Schwör mit Blut. Sonst glaub ich's nicht. Beiß!«

Vorsichtig nehme ich ihren Handballen zwischen die Zähne.

»Fester«, sagt sie und kneift die Augen zu. Ich beiße fester zu. Es fühlt sich an, als stünden meine Zähne unter Strom.

»Noch fester«, sagt sie.

Plötzlich wird es gleißend hell. Jemand hat die Plane vom U-Boot heruntergerissen. Gedämpft höre ich Lukes Krähen: »Haha, da knutschen zwei im Rasenmäher!«

Mieke und ich starren nach draußen, wo meine Geburtstagsgesellschaft herbeieilt und sich um Perle versammelt.

»Was ist das?«

»Das ist doch kein Rasenmäher!«

»Können wir da auch rein?«

Die drei Blöden beginnen, Perle mit Schneebällen zu bewerfen.

Onkel Christoph eilt zu Hilfe. »Immer mit der Ruhe, Leute! Schön Abstand halten. Rein mit euch in die Mühle zum Kuchenessen. Hopp, hopp!«

Keiner bewegt sich. Das ist neu. Onkel Christoph bietet seine ganze Überzeugungskraft auf, aber gegen das U-Boot kommt er einfach nicht an. Es hält die Traube magnetisch beisammen. »Wir wollen auch mal da rein! Dürfen wir? Bitte!«, ruft jemand. Aus den hinteren Reihen kommt Schleim geflogen und landet auf der Kuppel. Direkt vor meinen Augen glitscht er am dicken, gewölbten Glas herunter wie außerirdischer Rotz.

Das ist zu viel! Ich spüre, wie sich zuckende Linien aus blauer Tinte auf meiner Brust zusammenballen. Zitternd breiten sich Unterwasserlianen über meinen ganzen Körper aus, packen mich und reißen mich hoch. Ich springe auf den Sitz und stoße die Glaskuppel auf. Wahnsinn,

Tod und Untergang! Jetzt könnt ihr was erleben! »Das ist MEIN Geburtstag!«, brülle ich. »Und ICH bestimme, was wir machen.«

Onkel Christoph und die Klasse starren gebannt zu mir auf.

»Wir machen jetzt …«, ich hebe die Arme, meine Stimme duldet keinen Widerspruch. Ich blicke über die Köpfe hinweg hinab zum Zaun. Dort stehen die Schlitten senkrecht im Schnee. Von dort sind sie gekommen. Und dahin sollen sie auch wieder verschwinden. Ich will, dass dieser ganze Geburtstag den Soliner Berg hinabdonnert. »Wir machen jetzt ein Schlittenrennen!«

»Coole Idee!«, ruft Onkel Christoph. »Runter zu den Schlitten!«

Keiner reagiert auf ihn. Mein Onkel steht verloren da. Seine Energie ist versiegt. Jetzt gibt es nur noch einen Wahnsinnigen. Mich.

»Ihr könnt ja Schlitten fahren gehen«, sagt Ole lässig, »ich guck mir lieber das Ding da an.«

»Du gehst Schlitten fahren!«, befehle ich.

»Geh ich nicht«, sagt Ole.

»Du! Gehst! Schlitten! Fahren!«, brülle ich und stiere ihn mit gefährlichen Augen an.

»Ich fahre nur, wenn du auch fährst!«

»Ich fahre ja auch. Mit diesem hier!« Ich klopfe auf Perles Blechrücken. Jetzt sagt Ole nichts mehr. Jetzt denkt Ole nur noch: Der ist wahnsinnig.

Die Klasse gerät in Aufregung und diskutiert darüber, ob man mit einem Rasenmäher Schlitten fahren kann.

»Das traust du dich nie!«, brüllt Dennis.

»Kann ich bitte aussteigen?«, fragt Mieke hinter mir. Aber ich kann sie jetzt nicht vorbeilassen, ich muss auf meinem Posten bleiben.

Onkel Christoph klatscht in die Hände. »Schluss jetzt! Rein in die Mühle! Klopft euch den Schnee ab, zieht die Schuhe aus, wascht die Hände, setzt euch kerzengerade an den Tisch und redet nur, wenn ihr gefragt werdet.«

Alle gehorchen erschrocken, ziehen brav in einer langen Reihe in die Mühle und stellen sich geduldig am Kuchenbuffet an. Das wäre jedenfalls die normale Reaktion gewesen. Aber hier ist nichts mehr normal. Stattdessen erklärt Onkel Christoph lautstark, dass es sich hier um einen hochmodernen Winterrasenmäher mit lawinenfestem Alpin-Gehäuse handeln würde. Selbstverständlich könne man damit den Berg hinunterrodeln, dafür sei er ja gedacht. Aber erst sollten wir Kuchen essen, weil der Kuchen sonst kalt werde. Andererseits entspreche kalter Kuchen der Langeweileregel Nummer sechs: Lasse den Kuchen erst erkalten, bevor du ihn isst. Er verheddert sich in seinen Argumenten, verstummt und sieht schließlich nur noch interessiert zu, wie die Klasse das U-Boot umringt und es zum Rand der Terrasse schiebt. Dorthin, wo der Garten abschüssig wird.

»Halt!«, kommandiere ich gerade noch rechtzeitig. Mir wird klar, dass ich mich mit meinem Wahnsinn immer tiefer in eine immer wahnsinnigere Situation bringe. Und ich weiß nicht, wie ich aus der Sache wieder herauskommen soll. Großzügig gebe ich den anderen Vorsprung. Sie dürfen weiter unten am Zaun starten. Überhaupt: der Zaun! Aber für einen Rasenmäher mit Alpin-Gehäuse ist ein Zaun kein Hindernis.

Mieke hat die ganze Zeit über geschwiegen. Jetzt zupft sie mich am Ärmel. »Du tust nur so, oder? Du machst das nicht wirklich?«

Ich horche auf den Widerhall ihrer Stimme in meinem Kopf. Langsam nicke ich. Natürlich tue ich nur so.

Vor dem Zaun greifen alle ihre Schlitten und postieren sich in einer Reihe. In der Mitte bleibt eine Lücke frei. Meine Lücke! Perles Scheinwerfer leuchtet in die Ferne. Die Lücke schreit nach mir. Ich halte mir die Ohren zu. Aber die Lücke schreit in mir drin.

Die Schlittenreihe starrt gebannt zu mir hinauf. Ich gleite zurück zu Mieke und schließe die Kuppel über uns.

»Nee«, sagt Mieke. »Lass mich mal raus.«

Ich höre sie leider nicht.

»Ich will raus!«, schreit Mieke.

Onkel Christoph steigt vorne auf Perles Gestell, beugt sich zu uns und klopft ans Plexiglas. »Haha, Kollege! Supertrick! Die glauben wirklich, dass du fahren willst.

Gleich sind wir sie los.« Dann wendet er sich den anderen zu. »Auf die Plätze …!«, höre ich ihn dumpf. Perle kippelt leicht. »Fertig …«, brüllt Christoph.

Ich klopfe an das Plexiglas. »Onkel Christoph! Geh da runter!«

Christoph macht einen kleinen Satz. »Los!«

Perle wird durch einen Ruck erschüttert. Mein Magen dreht sich kurz einmal um.

»Lass mich raus!«, wimmert Mieke. Aber es gibt keinen Grund zur Panik. Perle bleibt auf ihrem Platz. Sie ist viel zu schwer, um sich zu bewegen.

Hinter dem Zaun geht eine Schlittenlawine zu Tal. Kurz verschwinden alle in einer Senke, bevor sie weiter unten wieder auftauchen. Es gibt erste Karambolagen. Unter unserer Kuppel ist es still. Die Welt da draußen ist weit entfernt. Dann öffnet sich die zweite Kuppel und mein wahnsinniger Onkel lässt sich mit einem Siegerlächeln auf den Sitz hinter uns plumpsen. Er schließt die Luke über sich. »Yeah! Käpt'n, schalt den Warp-Antrieb ein! Wenn sie wieder hochkommen, sind wir längst im Orbit und auf dem Weg zum Mars.«

Ich drehe mich zu ihm um. Warum kann er sich nicht an so etwas Einfaches wie eine Geburtstagsausladung halten? »Kannst du bitte wieder aussteigen?«

Christoph grinst irritiert. »Oh … sorry … ich dachte nur …« Mit einem Mal sieht er aus wie ein kleiner Junge, der nicht mitspielen darf.

Plötzlich schreit Mieke auf. »Wir rutschen!«

Ich fahre herum und starre nach draußen. Wir stehen. Oder nicht?

»Brems!«, ruft Mieke. »Zieh die Bremse!«

Hektisch drücke ich alle Knöpfe. Es zischt, es summt, da ist keine Bremse. Verzweifelt betätige ich die Schiffsschraube rückwärts, während Perle Zentimeter um Zentimeter weiterrutscht. Mit einem sanften Sacken gibt die Terrassenkante unter unserem Gewicht nach – und nun gibt es kein Halten mehr. In majestätischer Langsamkeit senken wir uns in den Garten hinab und pflügen durch den Tiefschnee auf den Zaun zu. Er ist unsere letzte Hoffnung. Beim Aufprall faltet er sich ehrfurchtsvoll zu Boden. Hinter ihm bückt sich der glatt geschliffene Steilhang unter uns weg und wir gehen in den freien Fall über. Onkel Christoph jauchzt. Mieke schreit. Und ich verstumme.

Ich sehe mich in meinem U-Boot den Hang hinunterpreschen. Mieke sitzt neben mir, das U-Boot ist aus Papier. Ich hole die Schlitten ein, überhole Dennis, bin schneller als Ole und Luke, »Wahnsinn, toten Untergang!«, rufen sie mir zu und bewerfen uns mit grünem Schleim, um uns aus der Bahn zu drängen. Aber wir haben sie schon abgehängt, sausen an Miekes Freundinnen vorbei, die fröhlich mit ihren Papparmen winken, wir sausen durch die Mitte, rechts und links falten sich gekenterte Schlitten aus unserem Weg. Dann ploppt der Maschendrahtzaun von Herrn Freundliebs Grundstück wie ein Fangnetz vor uns auf. Wir knallen über einen Graben, machen einen kleinen Sprung, das Fangnetz reißt – und wir brechen mit lautem Krachen durch die Eisdecke des Gartenteichs.

Perle macht das, was sie am besten kann. Sie sinkt. Über den Kuppeln schlägt das Wasser zusammen. Wie ein Stein rauschen wir auf den schlammigen Grund. Christophs Arm greift an mir vorbei und zieht an einem Hebel. Das Schlammdunkel um uns herum wird aufgewühlt. Mit großem Geblubber schießen wir zurück an die Oberfläche und schaukeln dort auf und nieder, bis sich die Lage stabilisiert. Christoph schaltet den Strom aus. Durch die Glasnase beäugt uns ein erschrockener Frosch in Winterstarre. Eisschollen klopfen gegen den Rumpf. Ächzend richten wir uns auf und schauen durch die Kuppeln ins Freie. Wir sind nicht tot. Der Gartenteich hat uns gerettet.

Es dauert keine Sekunde, bis Herr Freundlieb erscheint. Aufgelöst stürmt er aus dem Haus auf die Terrasse und schnappt nach Luft.

Christoph öffnet die Luke und salutiert. »Nicht erschrecken, ich bin's! Die Statuten der Olympiade verlangen eine Gewässerkontrolle. Ihr Gartenteich war nicht ausreichend belüftet. Aber nun steht der Goldmedaille nichts mehr im Weg. Mauritius? Warp-Antrieb! Bring uns hier raus!«

Dunkle Ostern

Großer Auflauf mit Polizei. Mieke und ich sitzen in Decken eingehüllt im offenen Kofferraum des Notarztwagens. Um uns herum stehen in einigem Abstand siebenundzwanzig Kinder mit ihren Schlitten. Miekes und meine Eltern treffen gleichzeitig ein. Onkel Christoph spielt einer Polizistin mit blondem Zopf den Vorgang mit weit ausladenden Gesten nach.

Mieke schluchzt, ihre Mutter ist in heller Aufregung, beschimpft meine Eltern, droht ihnen mit einer Anzeige und rauscht mit einem wütenden Seitenblick auf Onkel Christoph mit ihrer Tochter davon. Meine Mutter hält mich wortlos im Arm und blickt um sich, als müsse sie den Überblick über eine Schar Feinde behalten.

Nach und nach treffen auch die Eltern der anderen ein und holen ihre Kinder ab. Mein Vater steht vor dem Teich, sein Blick wandert fassungslos zwischen U-Boot und Mühle hin und her. Er dreht sich im Kreis, starrt auf die Menschenansammlung, auf Christoph, auf den Teich, auf die Schlittenpiste, auf die Mühle, auf die Polizeiwagen.

Herr Freundlieb führt einen wilden Tanz auf. Er redet mit niemandem speziell, sondern hüpft über seine Terrasse, deutet aufs U-Boot, raspelt mit ausgestreckter Handkante eine schnurgerade Linie quer durch seinen Maschendrahtzaun, rammt die Faust in die Eisdecke, ersticht Onkel Christoph mit plötzlichen Zeigefingerattacken, ersticht auch mich, weist auf seine Einfahrt, stellt sich breitbeinig in den Weg und schüttelt die Faust gegen alle Anwesenden, den Himmel und gegen die Hölle.

Ich fühle mich elend und bin mir sicher, dass ich jetzt verhaftet werde. Weil alles meine Schuld ist. Meine Mutter beruhigt mich und wirft böse Blicke auf Christoph, der gerade die Polizistin nach ihrer Telefonnummer fragt und sie zu einem Kaffee einlädt. Sie lässt ihn stehen und kommt zu uns herüber. »Gehört der zu Ihnen?«, fragt sie meine Mutter.

Mein Vater eilt herbei. »Entschuldigung? Das ist mein Bruder. Er steht unter Schock. Meine Frau ist Ärztin. Wir kümmern uns um ihn. Vielen Dank für Ihre Hilfe!«

Die Polizistin senkt ihre Stimme. »Ist Ihr Bruder ein bisschen …?«

Meine Mutter schaut angestrengt zu Boden. Mein Vater wiegt den Kopf. »Sind wir das nicht alle mal mehr, mal weniger?«

»Und das unbekannte Objekt im Teich? Gehört das Ihnen?«, will die Polizistin wissen.

Mein Vater nickt unschlüssig. »Ich fürchte, ja«, murmelt er.

»Haben Sie dafür eine Lizenz? Einen Fahrzeugschein? Irgendwas?«

Mein Vater versucht, die Lage zu erklären. »Hören Sie«, schließt er, »das ist ein fürchterlicher Unfall. Aber zum Glück ist ja niemandem etwas passiert. Wir werden selbstverständlich für jeden Schaden aufkommen. Und wir stehen natürlich jederzeit für Fragen zur Verfügung. Aber jetzt müssen wir uns erst mal sammeln und ein bisschen zu uns kommen.«

»Na dann sammeln Sie mal«, sagt die Polizistin und schlendert zu ihren Kollegen. Christoph kommt ihr entgegen und zwinkert ihr noch einmal zu.

»Scharfe Schnitte«, gibt er uns kund. »Hat mir sogar ihre Telefonnummer gegeben.« Stolz zeigt er uns die Kugelschreiberziffern auf seinem entblößten Unterarm: 1-1-0.

Mein Vater verfrachtet uns unter den Blicken der Schaulustigen in sein Auto und wir treten den geordneten Rückzug an. Herr Freundlieb fuchtelt mit den Armen. »Halt! Polizei! Die Täter fliehen! Sie müssen jemanden festnehmen! Den Herrn da! Der hat in dem Ufo gesessen! Sie da! Was ist mit dem Ufo?!«

In der Mühle nimmt Christoph ein heißes Bad. Er ist halb erfroren, weil er im Eiswasser stand, als er mich und

Mieke an Land gehoben hat. Danach rennt er im Garten herum, begutachtet die Schäden am Zaun und beginnt, im Schuppen zu sägen. Ich sitze unruhig im Wohnzimmer auf der Couch und versuche zu lauschen, was meine Eltern im Schlafzimmer besprechen. Aber die Sägegeräusche übertönen die gedämpften Stimmen.

Irgendwann kommt mein Vater aus dem Schlafzimmer. Wortlos geht er zur Küchenzeile und kocht sich einen Kaffee. Er setzt sich neben mich und horcht auf das Röcheln der Kaffeemaschine. Die Sägegeräusche sind verstummt. Stattdessen dringen massive Hammerschläge aus dem Schuppen.

»Was habt ihr besprochen?«, frage ich vorsichtig.

Mein Vater legt mir stumm die Hand auf die Schulter. So, als wollte er mir sagen: Alles wird gut. Aber er sagt es nicht. Im Schlafzimmer telefoniert meine Mutter leise. Die Hammerschläge setzen aus. Durchs Fenster sehen wir Onkel Christoph aus dicken Pfählen gezimmerte Panzersperren in den Garten tragen und die Zaunlücke damit stopfen.

Als meine Mutter aus dem Schlafzimmer kommt, nickt sie meinem Vater zu.

»Wann?«, fragt er.

»Jetzt gleich«, sagt meine Mutter.

Seufzend rafft sich mein Vater auf und geht zur Haustür.

»Was ist los?«, frage ich angespannt.

Mein Vater wendet sich um und starrt gedankenverloren ins Leere. Dann geht er hinaus.

Meine Mutter schenkt sich einen Kaffee ein und hält sich am Henkel der Tasse fest. »Dein Onkel braucht Hilfe«, sagt sie ruhig.

»Wieso?«, frage ich. »Er hat den Zaun doch schon fast fertig.«

Meine Mutter lächelt müde. Wir wissen beide, dass es nicht um den Zaun geht.

»WIR können ihm helfen«, versuche ich es. »Hier geht es ihm doch gut!«

»Er muss ins Krankenhaus«, sagt meine Mutter. »In die Psychiatrie. Er braucht ärztliche Hilfe.«

»Aber du bist doch Ärztin!«

Meine Mutter rührt Milch und Zucker in ihren Kaffee. Der Löffel dreht sich unruhig im Kreis. Sie schüttelt den Kopf. »Er wird zur Gefahr. Für sich. Und für andere.«

»Aber er hat doch gar nichts gemacht!«

Meine Mutter kippt den Kaffee in die Spüle und knallt die Tasse auf die Arbeitsfläche. »Wenn ein erwachsener Mann mit zwei Kindern in einem U-Boot einen Schlittenberg hinuntersaust? Und nur durch Zufall in einem Gartenteich landet, anstatt gegen einen Baum oder eine Hauswand oder sonst was zu knallen? Das ist nichts?«, sagt sie heftig.

»Da war kein Baum!«, rufe ich wütend. »Auf dem Soliner Berg steht kein einziger Baum! Du kennst dich hier gar nicht aus! Außerdem war das ein Unfall! Onkel Christoph kann gar nichts dafür! Es war doch nicht seine Idee!«

Meine Mutter formt die Luft mit ihren Händen zu einem Würfel, der so quadratisch ist, dass jeder Widerspruch an ihm abprallt. »Es geht nicht darum, Onkel Christoph zu bestrafen, sondern endlich mal seine Krankheit vernünftig zu behandeln.«

Ich lasse sie stehen und laufe in den Schuppen. Mein Vater und Onkel Christoph sind damit beschäftigt, Christophs schwarze Reisetasche zu packen. Ich werfe mich zwischen sie, greife mir die Tasche, drehe sie um und leere sie auf den Boden aus. Entschlossen baue ich mich vor Christoph auf. »Du gehst nicht ins Irrenhaus!«, befehle ich ihm. »Du lässt dich nicht einsperren! Ich verbiete es dir!«

Christoph klopft mir auf den Rücken. »Hey, Kollege! Locker bleiben. Niemand sperrt mich ein. Ich mach das freiwillig. Das ist nur ein Routinecheck. Ich schlucke ein Eimerchen Beruhigungssaft und ess den Medikamentenschrank leer. Dann schauen die in meinen Kopf, sehen, dass ich völlig gesund bin, und lassen mich wieder laufen. So einfach geht das.«

Als er beginnt, seine Sachen aufzusammeln und zurück in die Tasche zu stopfen, begreife ich, dass er es ernst meint. Ich kann ihn nicht retten. Niemand versucht, mich aufzuhalten, als ich aus dem Schuppen stapfe, zurück in die Mühle, die Treppe hinauf ins Aquarium laufe und die Tür hinter mir zuschlage.

Wahnsinn, Tod und Untergang! Alles ist falsch gekommen! Alles! Wenn sie Christoph ins Irrenhaus stecken, können sie mich gleich mit einweisen. Es war meine Idee! ICH habe behauptet, dass Perle mein Schlitten ist. Christoph hat gar nichts gemacht. Keiner hat auf ihn gehört, alle nur auf mich. Aber das glaubt ja niemand. Alle denken, dass ich ein stiller Junge bin, der nichts sagt und nichts tut. Keiner kann sich vorstellen, dass man sich zu einem kompletten Gegenteil verändern kann. Alle wollen immer, dass alles gleich bleibt. Alles muss immer normal sein, und wenn jemand anders ist, dann wird er eingesperrt.

In jedem Fall: Ich habe Schuld. Denn Onkel Christoph ist nur aus Versehen wahnsinnig. Er kann nichts dafür, was er tut. Aber ich wollte absichtlich wahnsinnig werden und wahnsinnige Dinge machen. Und jetzt kommt mein Onkel dafür in die Psychiatrie. Ich fühle mich schrecklich. Ich glaube, ich bin depressiv.

Es ist alles noch viel schlimmer. Onkel Christoph hat Perle gar nicht gekauft. Er hat sie nur ausgeliehen. Sie gehört also gar nicht uns, sondern einer kleinen Firma in der Nähe, die in einer Miniwerft U-Boote für reiche Leute und als Touristenattraktion für Hotels in der Südsee baut. Der Geschäftsführer hat bei uns angerufen und wollte wissen, ob wir das U-Boot nun kaufen. Wenn nicht, wollte er es sofort wiederhaben. Mein Vater ist arg ins Schwitzen gekommen, weil er sich rauszureden versuchte. Er werde das U-Boot so bald wie möglich zurückbringen. Das wird gar nicht so einfach, denn Perle ist im Gartenteich festgefroren.

Meine Eltern sind extrem wütend auf Onkel Christoph. Er hat sich nämlich die Kreditkarte von meinem Vater geborgt und damit die Leihgebühr für Perle bezahlt. Und außerdem noch eine Menge Geld als Pfand für sie hinterlegt. Das Pfand gibt's nur zurück, wenn Perle unbeschädigt ist. Und das ist sie garantiert nicht. Jedenfalls ist auf dem Konto von meinem Vater jetzt ein großes schwarzes Loch.

Ich darf noch nicht mal mehr Onkel Christophs Namen aussprechen. Ich darf auch nicht sagen, dass er nichts dafür kann. Passiert ist passiert, sagen meine Eltern, egal ob man es wollte oder nicht. Und dass alles meine Schuld war, traue ich mich auch nicht mehr zu sagen. Denn so viel Geld, um das Loch zu stopfen, habe ich nicht. Selbst wenn ich lebenslang Taschengeld spare.

Jeder Tag, an dem Perle im Teich feststeckt, kostet Leihgebühr. Meine Eltern können es nicht fassen, dass man jemandem wie Onkel Christoph mitten im Winter ein U-Boot zum Ausprobieren mitgibt. Dabei wissen sie selber, woran es liegt.

Jetzt schütteln sie die Köpfe. Tagelang, beim Frühstück wie beim Abendessen. Sie lächeln bitter, starren auf das Thermometer, ob es um einen Zehntelgrad gestiegen ist, und schütteln wortlos die Köpfe. In den Nachrichten zeigen sie einen russischen Eisbrecher, der im Polarmeer festgefroren ist. Von mir aus kann der Frühling dieses Jahr ausfallen.

In der Schule bin ich jetzt berühmt. Es war sogar ein kleiner Artikel in der Zeitung. *Teuerster Rennschlitten der Welt* war die Überschrift. Herr Freundlieb hat darin dumme Bemerkungen von sich gegeben. Sein Frosch hat angeblich im Winterschlaf einen Herzinfarkt erlitten. Jetzt stehen ständig Leute an seinem Zaun und besichtigen mein aus dem Eis ragendes Geburtstagsgeschenk. Herr Freundlieb führt seinen Tanz auf und schimpft über die verdorbene Jugend von heute. Er meint mich. Ich nehme von nun an immer den Umweg.

Alles ist seltsam geworden. Auf dem Schulhof stecken die anderen die Köpfe zusammen und schauen verstohlen zu mir. Sogar die Großen. In ihren Augen liegt Bewunderung für mein Abenteuer, aber auch die Überzeugung, ich sei völlig bekloppt.

Mieke hat seit der Katastrophe kein einziges Wort mit mir gewechselt. Noch nicht mal einen Blick. Wenn sie zur Schule kommt und ich alleine auf dem Schulhof darauf warte, dass es klingelt, geht sie mit gesenktem Kopf an mir vorbei, stellt sich mit dem Rücken zu mir in den Kreis ihrer Freundinnen oder verschwindet gleich im Schulgebäude.

Wahrscheinlich fürchtet sie, dass man sie auch für verrückt halten könnte, weil sie mit im U-Boot saß.

Alle wissen, dass Onkel Christoph in die Psychiatrie gekommen ist. Sie haben mich gefragt, ob er in eine Zwangsjacke gesteckt wurde und ob er jetzt in einer Gummizelle leben muss. Dann haben sie sich darüber gestritten, ob die Ärmel einer Zwangsjacke hinter dem Rücken oder vor dem Bauch verknotet werden. Ich weiß es nicht und meine Eltern fragen kann ich nicht. Onkel Christophs Name wird nicht mehr erwähnt in der Mühle.

Ich muss ständig daran denken, wie er nun in einer Zwangsjacke in der Gummizelle zwischen den Wänden hin und her springt. Eigentlich sollte ich bei ihm sitzen. Stattdessen laufe ich frei herum. Leider hilft mir die Freiheit nicht. Es ist, als säße ich immer noch im U-Boot und die Welt sei hinter dickem Plexiglas verschwunden. Die anderen schauen von draußen herein, ihre Gesichter sind verzerrt. Ich muss die ganze Zeit komisch lächeln. Seit Tagen schon. Alles ist komisch. Aber langsam geht das Lächeln weg.

Es taut. Die U-Boot-Firma hat wieder bei meinen Eltern angerufen. Sie wollten wissen, ob das ihr U-Boot sei, von dem sie in der Zeitung gelesen hätten, und ob wir von allen guten Geistern verlassen seien. Wenn Perle einen Schaden genommen habe, könnten wir das mit dem Pfand vergessen. Einen Tag später kommen sie mit einem Kranwagen und fischen Perle aus Herrn Freundliebs Teich. Am Gartenzaun stehen einige aus meiner Klasse und beobachten das Schauspiel. Ich stehe abseits, die Hände in den Jackentaschen, den Kopf unter der Kapuze versteckt, und sehe zu, wie der Kranwagen mein Geburtstagsgeschenk an zwei dicken Gurten durch die Luft segeln lässt. Harfensaiten aus Wasser rinnen von Perles Unterboden auf die Schneereste im braunen Gras. Herr Freundlieb wacht mit verschränkten Armen und missmutiger Miene darüber, dass seinem Rasen kein Hälmchen gekrümmt wird. Wahrscheinlich ärgert er sich jetzt schon darüber, dass man ihm sein Ärgernis klaut.

Der Kranwagenfahrer setzt Perle auf der Ladefläche ab und vertäut sie sorgfältig mit kräftigen Spanngurten. Als er ins Fahrerhaus gestiegen ist und den Motor gestartet hat, winkt er mich freundlich zu sich und schüttelt mir die Hand. »Udo. U-Boot-Udo sozusagen. Bist du nicht der Junge, dem das U-Boot gehört?«

Ich zucke mit den Achseln. Gehört es mir denn?

»Tut mir leid, dass ich dir dein Geschenk wieder abnehmen muss. Dumm gelaufen.« Er starrt ins Leere und trommelt auf dem Lenkrad herum. »Willst du mitfahren? Mal die Werft angucken? Der Chef ist nicht da. Kann dich später wieder hier absetzen.«

Die Werft liegt an einem Hafenbecken, weit außerhalb in der totalen Ödnis, und ist von einem hohen Zaun und einem verschlossenen Tor umgeben. Dahinter liegen schiefe Baracken. Es riecht nach Teer und Algen. In der Ferne hört man Möwen lachen.

U-Boot-Udo fährt den Kranwagen in eine Halle und setzt Perle auf einer Hebebühne ab. Leider kann er mir keine Probefahrt anbieten. Erst mal muss er Perle auf Herz und Nieren prüfen. »Aber irgendwann«, verspricht er mir, »zeige ich dir den Hafen von unten. Vorausgesetzt, der Chef ist weg.«

Ich lächle tapfer. Marianengraben ade. Udo zeigt mir noch Perles Bootsgarage. Ein einfacher Kasten aus Wellblech. Die Tür ist noch nicht mal mit einem Schloss gesichert.

Meine Mutter hat beschlossen, dass uns Ostern auf andere Gedanken bringen soll. Aber Ostern ohne Onkel Christoph ist ein klägliches Fest. Wir haben Ostern zwar noch nie mit ihm gefeiert, trotzdem kommt es mir so vor, als sei er zum ersten Mal nicht dabei. Ostern ist sowieso schwierig, meine Eltern bestehen darauf, Eier zu suchen.

Wir sitzen in der Küche beim Eierbemalen. Warum gibt es kein Schwarz in der Färbepackung? Ich muss die Eier mehrmals mit lila einfärben, damit sie wenigstens einigermaßen dunkel werden. Meine Mutter beäugt das Ergebnis mit stiller Ratlosigkeit. Sie verziert ihre Eier mit komplizierten Blumenwiesen. Mein Vater malt Smileys und lächelt sich damit selbst an.

Onkel Christoph hätte Straußeneier besorgt. Er hätte sie mit Tarnfarbe angemalt, im Garten so gut versteckt, dass wir sie nicht gefunden hätten, und am Ende hätte es zwischen den Büschen geknackt und gefiept und überall wären Straußenbabys geschlüpft. Sie wären um die Mühle gestolpert und die Feuerwehr wäre gekommen und die Polizei und der Tierschutzverband. Alle hätten vergeblich versucht, die Strauße einzufangen, Christoph hätte »Old MacDonald had a farm« gegrölt und die Strauße hätten sich über ganz Deutschland ausgebreitet.

Ich laufe in Gummistiefeln durch den Garten. Es ist wärmer geworden. Die Erde ist vom Tauwetter völlig durchweicht und ich hinterlasse tiefe Abdrücke im Rasen. Eigentlich ist es unsinnig, die Ostereier erst zu verstecken, nur um sie kurz darauf wieder einzusammeln. Außerdem mag ich keine hart gekochten Eier.

Zu Mittag gibt es Lamm. Wir reden wenig. Nach dem Essen holt meine Mutter ein großes, rechteckiges Geschenk aus der Kommode. »Frohe Ostern, mein Großer«, sagt sie und überreicht es mir. Ich wundere mich. Geschenke gibt es sonst nur zu Weihnachten und zum Geburtstag. Wahrscheinlich wollen mich meine Eltern aufheitern nach der ganzen Aufregung.

»Frohe Ostern, Tiefseecowboy«, ruft mein Vater und zaubert ein kleines, dickes Päckchen hinter seinem Rücken hervor. Ich packe zuerst das rechteckige Geschenk aus. Es ist ein Atlas der Weltmeere. Ich suche gleich nach einer Karte der Ostsee. Die Meerestiefen sind durch verschiedene Blautöne gekennzeichnet. Hellblau bedeutet flach, dunkelblau bedeutet tief. Die Ostsee ist größtenteils hellblau, fast weiß. Mir war nicht klar, wie flach die Ostsee ist. Dann öffne ich das kleine Geschenk. Es ist ein Kompass. Die winzige Nadel zittert und zeigt nach Norden.

»Damit du immer den Weg zurück findest, wenn du mal wieder auf Weltreise zu den tiefsten Stellen der Meere gehst«, sagt mein Vater und zwinkert mir zu. Ich könnte heulen. Sie haben sich wirklich Gedanken gemacht. Warum fällt es mir so schwer, mich zu freuen?

Als das Telefon klingelt, geht mein Vater dran und ich fahre mit dem Zeigefinger im Atlas hinaus auf die Ostsee.

Ich schlängele mich zwischen den dänischen Inseln durch, passiere Kattegat und Skagerrak, passiere die Nordsee, blättere mich von Karte zu Karte um Europa herum bis ins Mittelmeer hinein. Das Meeresblau wird dunkler. Hier geht es an manchen Stellen bis zu fünftausend Meter in die Tiefe. Ich fahre weiter, durch den Sueskanal, das Rote Meer, quer über den Indischen Ozean, durch die Straße von Malakka ins Südchinesische Meer, zwischen den philippinischen Inseln durch auf die weite, leere, tiefblaue Hälfte der Erdkugel. Wie verlorene Krümel liegen die Marianeninseln im Ozean. Daneben schneidet sich eine Kerbe in die Erdkruste. Hier ist es dunkellila. Der Marianengraben.

Mein Vater legt auf. Er wirkt erleichtert.

»Gute Nachrichten?«, fragt meine Mutter.

Mein Vater nickt. »Es war die U-Boot-Firma«, sagt er. »Perle hat nur ein paar Kratzer. Ein echtes Wunder. Wir bekommen das Geld zurück. Es bleiben nur die Leihgebühr und die Kosten für Transport und Werkstatt. Das ist überschaubar.«

Meine Mutter atmet auf. Ich schlucke. »Dann kaufen wir Perle jetzt auf keinen Fall?«, frage ich.

Mein Vater schüttelt den Kopf. »Das würde uns ruinieren.«

Meine Mutter greift nach meiner Hand. »Tut mir leid, Mauritius. Ich weiß, du hast dir Hoffnungen gemacht. Christoph hätte einfach nicht …« Sie beißt sich auf die Lippen. Sie hat den verbotenen Namen ausgesprochen.

Ich senke den Blick. Eine Träne fällt in den Ozean und hinterlässt einen dunklen Fleck. Ich sinke. Ich sinke tief.

Unverdaulich

»Herr Glimm?« Ich stecke meinen Kopf von oben in die Kapitänskajüte. Die Leuchtkrebse in den Glaskolben glühen so matt vor sich hin, dass sie nur noch als kleine Punkte sichtbar sind. Ansonsten ist es völlig finster. »Es tut mir leid«, rufe ich und horche auf eine Antwort. Vergeblich. Vielleicht ist Herr Glimm beleidigt. Ich habe ihn ewig lang nicht mehr besucht.

Kopfüber tauche ich hinab und taste nach Tisch und Stühlen. Ein winziger Leuchtkrebs huscht aus dem Brustkorb des Skeletts hervor. Ich fange ihn ein und versuche, mit seinem schwachen Schein die Kajüte zu erhellen. Kein Herr Glimm zu sehen. Ich suche in allen Ecken. Ist er umgezogen? Wie sollte ich ihn da jemals wiederfinden? Der Ozean ist unendlich groß. In der Ecke schimmert die Schatztruhe. Ich schwimme mit dem Leuchtkrebs hin und wühle im Gold. Einige Münzen kullern in Zeitlupe über den Truhenrand. Auf einmal kommt eine Angel zum Vorschein. Eingeknickt wie eine abgebrochene Antenne liegt sie erloschen auf dem Goldberg.

»Herr Glimm?«, flüstere ich ängstlich. Ich lasse den Leuchtkrebs los und greife nach der Angel. Sie steckt fest. Als ich daran ziehe, flackert sie auf. Ich ziehe fester. Es klimpert und rasselt und der ganze Herr Glimm taucht aus dem Münzberg hervor. Er ist fürchterlich abgemagert.

»Herr Glimm! Du lebst!«, rufe ich überglücklich.

»Natürlich lebe ich«, knurrt er verdrossen. »Aber bei dir war ich mir nicht so sicher. Du hast dich lange nicht blicken lassen.«

Sofort beginne ich, ihn zu füttern. Er bekommt Christophs Gitarre, die Boxen, den Verstärker, sein Auto. Ein Happs, ein Schmatz, weg. Herr Glimm frisst Herrn Freundlieb und den Zeitungsartikel, er frisst siebenundzwanzig Schlitten und verschluckt den Gartenzaun. Zum Dessert gibt es eine Waggonladung pechschwarzer Ostereier.

»War das etwa schon alles?« Herr Glimm leckt sich die Lippen.

»Bist du mir noch böse?«, frage ich vorsichtig.

Herr Glimm schüttelt den Kopf. »Du kannst immer zu mir kommen«, raunt er mit seiner warmen Stimme.

Ich bin über alle Maßen erleichtert. Ohne Herrn Glimm bin ich verloren. Er ist der einzige Freund, der mir geblieben ist.

»Weißt du, ich habe nachgedacht«, sagt Herr Glimm mit ernster Miene. Seine Laterne schwingt gewichtig hin und her. »Ich bin zu dem Schluss gekommen, dass du recht hast. Meine Ratschläge taugen für die Tiefsee und sonst für gar nichts. Du musst versuchen, in deiner Welt klarzukommen.«

»Wieso …«, stammele ich, »du hast doch gesagt … ich bin doch zurückgekommen!«

Herr Glimm mustert mich skeptisch. »Und was ist mit dem Druck?«

»Der macht mir nichts aus. Das habe ich nur so gesagt. Ich spüre ihn gar nicht.«

In Wirklichkeit spüre ich ihn doch, aber das wird vergehen. Ich werde mich dran gewöhnen. Alles wird ganz leicht sein. Nie mehr wieder auftauchen. Ich habe es da oben lange genug versucht. Immer hier unten bleiben. Essen, schlafen, zur Schule gehen, aber gleichzeitig immer hier unten sein. Ja sagen, Nein sagen, nicken, lächeln, aber hinter dem Lächeln ist niemand zu Hause. Nur meine Hülle wandelt oben herum.

»Wenn das so ist …«, murmelt Herr Glimm und macht sich an der Schatztruhe zu schaffen. Er wühlt sich in die Goldstücke hinein und taucht mit einem schmalen, länglichen, in dunkelgrüne Algen gewickelten Päckchen wieder hervor. Mit einem Lächeln überreicht er es mir.

Es fühlt sich an, als schlummere darin etwas Lebendiges. Gespannt wickele ich es aus. Zum Vorschein kommt ein langer Fühler mit einem kleinen Knubbel am Ende. Als ich ihn vorsichtig berühre, leuchtet er kurz schwach auf und ich begreife: Es ist eine Angel, wie die von Herrn Glimm!

»Probier sie an!«, fordert er mich auf. »Wenn du sie lange genug trägst, wird sie mit deinem Kopf verwachsen. Und keine Angst – es tut nicht weh.«

Meine eigene Laterne! Leicht und biegsam liegt sie in meiner Hand. Schon jetzt fühlt sie sich an, als sei sie ein Teil meines Körpers.

»Aber vorher gibt es noch etwas zu tun«, raunt Herr Glimm. »Wenn da noch etwas ist, was dich dort oben hält … dann mach jetzt reinen Tisch. Lass es los.«

Ich nicke. Ich muss nicht überlegen. Es gibt noch etwas. Drei Dinge. Sie zwingen mich die ganze Zeit, an sie zu denken. Dabei habe ich sie schon längst verloren. Ich muss mich endgültig von ihnen trennen. Jetzt, sofort!

Hungrig sperrt Herr Glimm sein Maul auf.

Da ist mein U-Boot. Tschüss, Perle! Gleich bist du weg. Du warst ein schön blödes Geschenk. Genau richtig und genau falsch. Wegen dir ist alles verloren gegangen.

Auf Nimmerwiedersehen, Onkel Christoph! Du hast alles durcheinandergebracht. Ich wollte mich bei dir anstecken. Aber das war eine dumme Idee. Siehst du, was du mit deinem Geschenk angerichtet hast? Mein Wunsch war eigentlich nur ein Witz. Aber bei dir werden alle Witze wahr.

Und jetzt Nummer drei. Ein Platz im U-Boot ist noch frei. Die zweite Kuppel steht offen. Tschüss, Mieke! Ich dachte, wir könnten … Ach, vergiss es! Es hat nicht gepasst. Sei mir nicht böse. Es muss sein. Sorgfältig schließe ich die Kuppel über Miekes Kopf und Perle taucht in Herrn Glimms Maul. Seine Kiefer schließen sich. Es quietscht und knarzt. Ich halte mir die Ohren zu und flüchte ins Freie.

Auf dem Deck leuchten die Girlanden. Ich tauche bis zur Bugspitze und starre in die Dunkelheit. Unter Wasser muss man nicht blinzeln. Und Heulen kann man schon gleich vergessen, die Tränen vermischen sich sowieso mit dem Salzwasser.

Ich halte die Angel in der Hand und tue, was zu tun ist. Als ich den Fühler an meine Stirn halte, saugt er sich an ihr fest und die kleine Laterne an seinem Ende beginnt zu glühen. Im gleichen Moment erlöschen die Girlanden am Mast. Dunkelheit breitet sich aus.

Eilig schwimme ich zurück in die Kajüte. Auch hier ist es dunkler geworden. »Herr Glimm?!«, rufe ich. »Herr Glimm?!«

Keine Antwort. Die Leuchtkrabben in den Wandlampen rudern aufgeregt umeinander und flackern nur schwach. Dann verglühen sie und die Kajüte wird schwarz. Schwärzer als schwarz. Nur meine Angel gibt noch ein hektisch pulsierendes Licht von sich. Bis sie sich plötzlich in etwas spiegelt. Keinen Meter vor mir ist ein schwarz glänzendes Augenpaar in der Finsternis aufgetaucht. Darunter lauert das Maul des Schwarzen Schlingers.

»Na, Fischlein, feiert ihr eine Party?«, summt das Maul.

Ich erstarre.

»Laternenfische«, raunt der Schwarze Schlinger. »Ihr könnt euch einfach nicht mit der Dunkelheit abfinden. Ihr seid laut, verfressen und verschmutzt die Schwärze mit eurem lächerlichen Geleuchte. Ihr haltet die Dunkelheit nicht aus. Ihr seid nicht stark genug für die Tiefsee. Sieh sie dir an, die wahre Schwärze, bewundere ihre Macht! Lerne sie von innen kennen!«

Sein Maul öffnet sich weiter und weiter – Todesangst erlöst mich aus meiner Starre. Ich stolpere zurück, stoße gegen das Skelett, entreiße ihm ohne Nachdenken seinen Säbel und stürme nach vorn. Hinein in das Maul. Und dann geht alles unglaublich schnell: Ein mächtiger Sog zieht mich in den Magensack, in dem Herr Glimm wirre Kreise dreht. Mit zwei Hieben zerschlitze ich die Magenwand, schiebe Herrn Glimm hinaus, zwänge mich hinter ihm ins Freie und steige mit ihm über dem röchelnden, sich windenden Schlinger auf. Erst als wir das Wrack weit unter uns gelassen haben, machen wir erschöpft halt.

Herr Glimm rudert keuchend und würgend neben mir.

Ich will hoch, weg von hier. Zum ersten Mal empfinde ich die Tausende von Metern Wasser über meinem Kopf als eine schwindelerregende unüberwindliche Strecke. Ich kann das nicht schaffen. Ich werde wieder hinabsinken.

Verzweifelt reiße ich mir die Angel von der Stirn, sie löst sich ohne Widerstand. Als ich sie fallen lasse, suche ich Halt in Herrn Glimms Blick. Aber der verdreht nur die Augen, schüttelt den Kopf und würgt. Er kann mir nicht helfen.

Niedergeschmettert sehe ich in die Tiefe. Ich bin ein abgetrennter Quallententakel, ein kleines Nichts, nicht mehr Mensch und auch kein Anglerfisch, ein mutloser Beutehappen.

Erst als das Wasser um uns herum wild strudelt, mich umherwirft und zwingt aufzublicken, sehe ich das Unglaubliche: Perle! Herr Glimm hat Perle ausgewürgt! Fassungslos schaue ich zu, wie sie über unseren Köpfen aufsteigt.

»Völlig unverdaulich!«, keucht Herr Glimm. »Kein Wunder, dass mich der Schwarze Schlinger erwischt hat. Weißt du nicht, dass man Dinge, die einen raufziehen, nicht runterschlucken darf? Und jetzt beeil dich! Hol sie dir wieder, alle drei!«

Ich zögere keine Sekunde. Wie einen Luftballon treibt es mich zurück zur Oberfläche.

Gummizelle

Tage vergehen. Es wird wärmer. An Büschen und Bäumen sitzen schon die ersten Knospen. Ein Apfelbaumzweig klopft beständig mit seinen geschlossenen Fingerspitzen ans Fenster meines Aquariums. Es ist Samstagvormittag, und ich weiß nicht, wie ich mir Mieke, Perle und Onkel Christoph wiederholen soll. Ich blättere in Miekes Pop-up-Bilderbuch. Immer wieder falten sich mir die Krebsscheren entgegen, der Schwarze Schlinger schluckt den Laternenfisch, wir verfolgen das Seepferdchen im U-Boot durch die Unterwasserhöhle … Mieke wollte aussteigen und ich habe sie nicht gelassen. Das war der schlimmste Fehler. Ich muss mich bei ihr entschuldigen.

Ich laufe zu ihr rüber und klingele. Miekes Mutter öffnet. Als sie mich erblickt, verwandelt sich ihr Gesicht in eine Mauer mit Schießscharten. Mieke habe keine Zeit für mich, sie müsse sich um die Pferde kümmern. Sie wirft die Tür zu. Meine Haare wehen im Luftzug. Schon drückt mein Finger wieder den Klingelknopf. Miekes Mutter öffnet erneut. Bevor ich einen Ton sagen kann, erklärt sie mir, dass Mieke morgen auch keine Zeit habe und übermorgen auch nicht und warum ich nicht einfach wie jeder normale Junge Fußballspielen ginge und Mieke ein für alle Mal in Ruhe ließe. Tür zu. Haare wehen.

Ich husche über den Hof zum Stall, wo Mieke Pferdehufe auskratzt. Als sie mich sieht, hält sie inne und legt die Kratzbürste ab. Ich bleibe an der Stalltür stehen, während sie langsam rückwärtsgeht und mich dabei im Auge behält. Vorsichtig folge ich ihr. Mieke weicht immer weiter zurück. Wohin will sie? Wenn sie nicht irgendwann mal stehen bleibt, kann ich mich nicht entschuldigen.

Stumm folge ich ihr durch den Stall, an seinem hinteren Ausgang wieder hinaus ins Freie und hinein in die schummrige Scheune. Vor mir stapeln sich Strohballen zu mächtigen Wänden bis unter die hohe Decke. Mieke klettert auf einen Vorsprung und schlüpft durch einen Spalt in der struppigen Wand. Schnell klettere ich hinterher und zwänge mich ebenfalls hinein. Das Stroh kratzt an meinen Armen und feiner Staub dringt in meine Nase.

Ich quetsche mich durch einen schmalen Gang immer tiefer in das Strohgebirge. Mieke verschwindet um eine Ecke. Mein Bein versinkt in einem Loch zwischen zwei

Ballen. Mühsam ziehe ich mich an den Wänden wieder hoch und schiebe mich seitlich Schritt für Schritt vorwärts. Ich kann den Kopf kaum drehen. Langsam bekomme ich Platzangst. Keuchend kämpfe ich mich weiter vor, um zwei Ecken, bis der Gang auf einmal in einer kleinen Kammer endet. Mieke hat sich in Luft aufgelöst. Als ich ratlos um mich schaue, prallt ein Strohballen von oben herab und verschließt den Rückweg. Erschrocken weiche ich zurück. Ein zweiter Ballen rauscht auf den ersten, dann fällt ein dritter hinab. Panisch blicke ich nach oben und entdecke über der Kante der hohen Strohwand das Ende einer Leiter und Miekes Kopf.

»Was soll das werden?«, krächze ich.

Mieke antwortet nicht. Schnaufend lässt sie weitere Strohballen in den Gang plumpsen. Ich drücke gegen den Pfropfen. Er bewegt sich nicht. Ich stemme mich dagegen. Keine Chance. Ich bin gefangen.

»Welches Datum haben wir heute?« Mieke blickt prüfend von oben auf mich herunter.

Ich habe keine Ahnung. Ich weiß nie, welchen Tag wir haben. Ich verwechsle sogar die Monate.

»Und wo sind wir?«, fragt sie weiter.

Wie? Wo sind wir? Was meint sie?

Mieke forscht in meinen Augen. »Wer bist du?«

Was will sie von mir? Was ist das für ein Spiel? »Lass mich raus!«, ächze ich. Meine Worte werden von den dicht gepressten Strohhalmen ins Innere der Wände gesogen.

Mieke schüttelt den Kopf. »Erst musst du mir sagen, wer du bist.«

Was soll das? Ich springe hoch und versuche, das Ende der Leiter zu greifen. Ein alberner Versuch.

»Du weißt nicht, wer du bist. Du weißt nicht, wo wir sind, und auch nicht, welchen Tag wir haben«, stellt Mieke fest. »Dachte ich's mir doch.« Ihr Kopf verschwindet.

»Bleib hier!«, rufe ich.

»Ich muss zu den Pferden«, höre ich Miekes Stimme dumpf. »Du hast mich bei der Arbeit gestört.«

Verzweifelt hämmere ich gegen die Strohballen und drehe mich auf der Suche nach irgendwelchen Trittstufen im Kreis. Es gibt keine. »Es tut mir leid!«, rufe ich. »Das mit der Schlittenfahrt mit dem U-Boot tut mir leid!« Aber es kommt keine Antwort. Es duftet nach ewiger Ruhe. Ein Vogel flattert unterm Scheunendach umher und landet in einem Nest unter den Balken. Wenn Mieke wollte, könnte sie mich hier verhungern lassen. Ich muss ruhig bleiben! Ich setze mich ins Heu.

Normalerweise würde ich jetzt abtauchen und Herrn Glimm so lange mit Strohballen vollstopfen, bis die Scheune leer ist. Aber ich darf nicht. Herr Glimm hat mich hochgeschickt. Ich muss ohne ihn auskommen.

Nach einer Ewigkeit höre ich es über mir rascheln und springe auf. Etwas Weiches landet auf meinem Kopf. Ich pflücke ein kariertes Hemd von meinem Gesicht.

»Zieh das an!«, befiehlt Mieke von oben.

Das Hemd ist riesig. Die Ärmel baumeln bis zu meinen Knien.

»Und jetzt dreh dich um, mit dem Gesicht zur Wand!«

Ich gehorche und höre, wie Mieke schnaufend die Leiter neben mir hinablässt und heruntergeklettert kommt.

»So stehen bleiben«, ordnet sie an. »Und die Arme vor der Brust verschränken!«

Ich tue, was sie sagt.

Mieke packt die viel zu langen Ärmel, zieht sie nach hinten und bindet sie hinter meinem Rücken zusammen. »So ist gut. Setz dich!«

Ich sacke auf den Boden und blicke ratlos zu ihr auf. Was ist hier los?

»Ich habe im Internet nachgeschaut«, sagt Mieke und kniet sich mir gegenüber ins Stroh. »Wahnsinnige sind zeitlich und räumlich desorientiert und wissen manchmal nicht mehr, wer sie sind. Sie sind gefährlich und müssen in eine geschlossene Anstalt. Es ist zu ihrem eigenen Wohl.«

»Ich bin nicht wahnsinnig!«

»Das sagen alle Verrückten. Und jetzt nimm dein Medikament.« Sie greift in ihre Jackentasche und hält mir eine Handvoll Gummibärchen hin.

Meine Arme sind hinterm Rücken festgebunden. Es hilft nichts. Ich muss ihr aus der Hand fressen. Die Gummibärchen schmecken nach Heu und Salz. Ich kaue und schlucke und versuche hilflos, mich zu erklären. »Ich wollte dich nicht in Gefahr bringen! Ich war nur wütend, weil die anderen meinen Geburtstag kaputt gemacht haben. Ich wollte …«

»Du wolltest mir die Tiefsee zeigen«, unterbricht Mieke mich.

»Genau«, sage ich.

»Herrn Freundliebs Gartenteich ist aber nicht die Tiefsee«, sagt Mieke. »Weißt du, was ich glaube? Ich glaube, dass du niemals dorthin kommst. Du machst alles immer nur in deinem Kopf. Du bildest dir alles Mögliche ein, was es nicht gibt. Du bist ganz eindeutig wahnsinnig.« Sie schaut mich an wie einen hoffnungslosen Fall, steht auf und klettert die Leiter hoch.

»Nein! Warte! Mach den Knoten auf!« Ich rappele mich hoch und versuche, ihr mit gefesselten Armen hinterherzusteigen. Nach zwei Sprossen falle ich hintenüber.

Mieke zieht oben auf der Strohmauer die Leiter hoch und schüttelt mitleidig den Kopf.

»Du willst mich nicht im Ernst hierlassen!«, rufe ich hinterher.

Mieke macht ein gleichgültiges Gesicht. »Wenn du versuchst auszubrechen, lasse ich dich von der Polizei suchen. Also sei schön brav. Heute Abend um sieben komme ich wieder. Dann bekommst du deine Medikamente. Und vielleicht ein Stück Brot.« Sie verschwindet.

Verzweifelt versuche ich, mich aus der Zwangsjacke zu befreien. Ich zerre wie wild am Hemd und winde und drehe mich dabei im Kreis. Es nützt nichts. Noch nicht mal die kleinste Naht reißt. »Und ob ich in die Tiefsee komme!«, brülle ich zornig gegen die Wände. »Ich komme überall hin! Ich hole Perle zurück und dann zeige ich es dir, alles! Wenn du dich traust!« Ich lausche auf ein Kichern oder ein Knistern. Nichts zu hören. Nicht das kleinste bisschen.

Die Zelle beginnt zu wirken. Es kommt mir vor, als würden die Wände immer höher wachsen und enger aneinanderrücken. Ich nehme meine letzte Kraft zusammen und werfe mich gegen sie. Mehr als ein dumpfes Geräusch entsteht dabei nicht. Schließlich konzentriere ich mich auf die Ballen, die den Eingang versperren. Immer wieder nehme ich Anlauf und lasse mich mit voller Wucht gegen sie prallen. Nach ein paar vergeblichen Versuchen beginnt der oberste Klotz zu wackeln. Beim nächsten Stoß rutscht er vornüber und stürzt fast auf mich. Ich befördere ihn mit Fußtritten zur Seite und bearbeite die Schwachstelle weiter, bis ich sie endlich so weit verschoben habe, dass ich drüberrobben kann. Dann zwänge ich mich durch den Gang nach draußen in die Scheune. In einem Balken entdecke ich einen Nagel, der aus dem Holz ragt, und reiße an ihm das Hemd auf.

Erschöpft sinke ich mit dem Rücken gegen die Heuballen. Meine Gedanken kreisen. Ist Mieke verrückt geworden? Man muss doch wissen, wo ein Spiel aufhört, lustig zu sein. Ich wollte mich bei ihr entschuldigen! Hat sie das nicht begriffen? Hat sie überhaupt irgendetwas verstanden?

Langsam beruhige ich mich. Immerhin habe ich mit ihr eine Verabredung. Um sieben Uhr in der Zelle.

Fremder Planet

Ich nehme den Bus und steige nach vielen Stationen gegenüber einer langen Backsteinmauer aus. Dahinter erhebt sich ein altes, großes Gebäude. Das psychiatrische Krankenhaus sieht aus wie eine ehrwürdige Anstalt voller ehrwürdigem Wahnsinn. Ich bekomme weiche Knie, als ich die Straße überquere.

Neben der Eingangspforte lungert ein dicker Mann mit Hosenträgern und Seitenscheitel. Zwischen seinen fleischigen Lippen steckt ein zerkauter Bleistift. Als ich an ihm vorbeischleichen will, stolpert er mir in den Weg. »Zigarette?«, fragt er verschwörerisch. »Haste mal 'ne Zigarette, Kumpel? Zigarette?«

»Nein, ich rauche nicht«, stammele ich.

Der Dicke runzelt die Stirn. »Kaugummi, Kumpel? Kaugummi?«

Ich durchsuche meine Jackentaschen, obwohl ich weiß, dass dort kein Kaugummi ist, und zeige ihm meine leeren Hände.

Der Dicke kaut betrübt auf seinem Bleistiftstummel und zeigt auf meine Hosentaschen. »Bleistift, Kumpel? Bleistift?«

Ich taste meine Hosentaschen ab. Und tatsächlich – da ist ein Bleistift! Ein Stummel nur, aber immerhin größer als der, auf dem der Dicke herumkaut. Strahlend nimmt er mein Geschenk entgegen und schlägt ein. Pistole, Brustklopfen. Woher hat er das?

»Ich suche meinen Onkel«, flüstere ich, »Christoph Winkler.«

Der Dicke mustert mich skeptisch, dann zwinkert er mir zu und watschelt mit großen Schritten Richtung Pforte. Ich trippele hinterher.

Im Eingang steht breitbeinig eine Pförtnerin und weist gerade lautstark einen Besucher ab. »Wir geben keine Auskünfte. Kommen Sie wieder, wenn Besuchszeit ist!«

Der Dicke walzt wie eine Dampflok auf sie zu, biegt kurz vor dem Eingang ab und läuft um die Ecke. Ich bleibe hinter seiner massigen Gestalt in Deckung, bis zu einer Seitenpforte. Ohne zu zögern, klinkt er sie auf. Wir tauchen in eine Dampfwolke ein. Berge von Wäsche türmen sich überall. Es riecht nach Seife. Der Dicke stößt eine neue Tür auf und ich schlüpfe hinter ihm her, raus aus der Wolke in einen Gang. Wir biegen um zwei Ecken, gehen eine Treppe hinauf, folgen einem weiteren langen Gang und landen vor einer gepanzerten Milchglastür.

Der Dicke drückt einen Klingelknopf und beugt sich zu mir herab. »Wahnsinn, Tod und Untergang«, raunt er mir ins Ohr, klopft mir auf die Schulter und zieht davon.

»Hallo?«, meldet sich eine Stimme aus der Gegensprechanlage. »Wer ist da bitte?«

»Hallo, ich … Mauritius. Können Sie die Tür aufmachen?«, stottere ich.

»Tut mir leid, Besuchszeit ist erst in einer halben Stunde«, tönt es aus dem Lautsprecher.

»Aber ich muss meinen Onkel sehen!«, rufe ich. »Bitte, ich muss wissen, wie es ihm geht. Er ist nicht schuld. Das mit dem U-Boot, das war ich!«

Stille. Ratlos presse ich meine Nase gegen die Tür, bis endlich ein Schemen hinter dem Milchglas erscheint. Ein Schlüssel rasselt im Schloss und eine junge Krankenpflegerin mit einem langen dunklen Zopf grinst mich an. »Du bist also der Junge mit dem teuersten Schlitten der Welt.«

Ich nicke.

Sie blickt auf die Uhr, zögert kurz, dann lässt sie mich ein. Sofort stehen wir vor einer zweiten Tür.

»Zur Sicherheit«, erklärt die Pflegerin, während sie die Tür hinter uns ab- und die vor uns aufschließt. Hinter ihrem Ohr kommt eine tätowierte Eidechse zum Vorschein.

»Aber mein Onkel tut niemandem was«, erkläre ich ihr.

»Ich weiß«, lächelt sie. »Er braucht nur eine Zeit lang Ruhe und Schutz. Gut, dass du ihn besuchen kommst.«

Wir gehen einen hellen, freundlichen Flur mit vielen Türen entlang. Einige stehen offen. Dahinter Zimmer mit Betten. Normale Betten, normale Zimmer. Keine gepolsterten Wände. Irgendwo läuft ein Radio. Ansonsten ist es ruhig. Vor einer der offenen Türen bleiben wir stehen. Ich zögere, aber die Pflegerin schiebt mich behutsam ins Zimmer hinein und verabschiedet sich.

Auf dem hintersten von drei Betten liegt mein Onkel. Die Arme hinterm Kopf verschränkt, hört er über Ohrstöpsel Musik und starrt an die Decke. Vom Fenster aus hat man einen Blick über den Krankenhausgarten. Das Fenster ist nicht vergittert. Aber der Griff ist mit einem Schloss gesichert.

Als Onkel Christoph mich sieht, richtet er sich verwundert auf, nimmt die Stöpsel aus den Ohren und setzt sich auf die Bettkante. »Hey, Kollege, was machst du hier?«, fragt er und gähnt. Kein Begrüßungsritual. Er schaut mich aus stumpfen Augen an. Ich boxe ihm vorsichtig gegen die Brust. Sie fühlt sich an wie Kuchenteig.

»Hast du den Medikamentenschrank leer gegessen?«, frage ich.

Er lächelt mich müde an. »Bin dabei.«

»Haben sie dir in den Kopf geguckt?«, will ich wissen.

Christoph nickt. »Kopf und Brust, Herz und Nieren, alles angeguckt. Nix mehr drin. Akku alle. Leer.«

Ich wollte Christoph fragen, was es zu bedeuten hat, wenn einen ein Mädchen einsperrt. Nur weiß ich nicht mehr, ob mein Onkel überhaupt noch mein Onkel ist. Ich will ihn nicht so sehen. Er soll aufspringen, herumhüpfen und einen Fluchtplan schmieden. Aber er legt sich wieder auf sein Bett, fingert nach den Ohrstöpseln, stopft sie sich in die Ohren und starrt an die Decke.

Die Pflegerin kommt mit einem Plastikbecherchen Pillen wieder und verabreicht sie Christoph. »Na?«, fragt sie. »Wollt ihr nicht ein bisschen draußen spazieren?«

Ich bin verwirrt. Wieso dürfen wir raus, wenn man hier hinter verschlossenen Türen und Fenstern weggesperrt ist?

»Dein Onkel hat täglich zwei Stunden Ausgang«, erklärt die Pflegerin. »Aber meistens ist er zu faul, um aufzustehen.« Energisch zieht sie Christoph die Ohrstöpsel raus. »Na los, Herr Winkler, steh auf! Dein Neffe ist gekommen, um mit dir spazieren zu gehen. Willst du ihn hängen lassen?«

Missmutig quält sich Christoph aus dem Bett und zieht umständlich seine Stiefel an. Die Pflegerin hilft ihm in seine Jacke, zieht ihn zu den verschlossenen Türen, öffnet sie und schiebt uns hinaus. Zum Abendessen sollen wir wieder zurück sein.

Christoph schlurft wie eine Schnecke hinter mir durch die Flure ins Freie. Wir schaffen es gerade mal eben so in den Krankenhausgarten. Dort lässt er sich auf die erstbeste

Bank plumpsen, schließt die Augen und hält sein Gesicht in die Sonne. Ich setze mich neben ihn und schaue auf die Uhr. Zwei Stunden. Das wird knapp.

»Du hast gesagt, wir erforschen die Tiefsee«, beginne ich. »Marianengraben, Bermudagraben, Wladiwostok …«

»Hmmmm«, macht Onkel Christoph.

»Langeweileregel Nummer sieben: Was man verspricht, muss man auch halten«, sage ich und klopfe ihm aufmunternd auf die Schulter.

Keine Reaktion. Ich bin mir nicht sicher, ob das, was ich jetzt tue, richtig ist. Wahrscheinlich bekommt die Krankenpflegerin Ärger, weil sie uns rausgelassen hat. Aber darauf kann ich jetzt keine Rücksicht nehmen. Christoph muss wieder werden, wie er war. Mit zittrigen Fingern fahre ich in meine Hosentasche. Dort ist er: Perles Ersatzschlüssel. Dort war er die ganze Zeit. »Wahnsinn, Tod und Untergang!«, rufe ich.

»… Unnergang«, nuschelt Onkel Christoph und boxt mit schlaffer Hand in die Luft. Eine Millisekunde lang lächelt er. Na bitte! Ein Rest Energie steckt noch in ihm drin. Hoffentlich reicht das.

Die Flucht

Ich schaffe es gerade noch rechtzeitig zurück in meine Strohzelle. Pünktlich um sieben Uhr höre ich es rascheln. Mieke streckt ihren Kopf über die Kante und stößt einen spitzen Schrei aus.

Neben mir liegt Onkel Christoph und schläft.

»Was macht der denn hier?«, kiekst Mieke. »Ich dachte, der ist im Irrenhaus!«

»Psychiatrie«, korrigiere ich sie. »Ich habe ihn da rausgeholt. Die Medikamente sind nicht gut für ihn. Er liegt nur noch rum und tut nichts mehr. Aber ich brauch ihn, so wie er war. Sonst krieg ich das U-Boot nicht wieder. Hast du mal 'ne Decke?«

Mieke verschwindet. Nach kurzer Zeit klettert sie mit einer Pferdedecke die Leiter hinab. »Das ist völliger Wahnsinn«, flüstert sie, während ich die Decke über den schnarchenden Christoph ausbreite. »Die suchen ihn doch bestimmt.«

»Hier ist er sicher«, sage ich.

»Aber du kannst nicht einfach dein U-Boot wiederholen. Wie willst du es denn auf den Berg raufkriegen?«

»Wer sagt denn, dass ich auf den Berg will?«

Ich klappe den Kompass auf, den ich mir um den Hals gehängt habe, und zeige in Richtung Südosten. »Da liegt der Marianengraben. Wir müssen nur die Medikamente aus Christoph rausbekommen. Sobald er wieder so ist wie früher, schafft er alles. Wenn ich sage: ›Fahr uns zum Marianengraben!‹, dann fährt er uns zum Marianengraben.«

Ich weiß, dass das wahr ist. Es ist der wichtigste Teil in meinem Plan. Ohne Christoph kommen wir nicht ans andere Ende der Welt. Aber mit ihm wird es eine Kaffeefahrt. Ich muss nur den Anfang schaffen. Mieke beobachtet mich wie eine Ärztin, die überlegt, ob sie sich mit ihrem Patienten in ein waghalsiges Experiment stürzen soll. Ein Experiment, an dessen Ende entweder der Patient geheilt oder die Ärztin verrückt geworden ist.

Wir zucken zusammen, als plötzlich die Stimme ihrer Mutter von der Scheunendecke widerhallt. »Mieke?! Bist du hier? Abendessen!«

»Komme gleich!«, antwortet Mieke laut.

Onkel Christoph dreht sich im Schlaf um und gibt einen mächtigen Schnarcher von sich. Schnell halte ich ihm die Nase zu. Er atmet durch den Mund weiter.

»Ist Mauritius bei dir?«, tönt Miekes Mutter. »Seine Eltern suchen ihn!«

»Nö!«, ruft Mieke. »Ich soll mich doch von ihm fernhalten.«

»Ich will nur, dass du aufpasst«, beschwichtigt ihre Mutter. »Ich glaube, der Junge ist genauso verrückt wie sein Onkel. Seit Mauritius in deiner Klasse ist, bist du so verändert! Du hockst in der Scheune, schließt dich in deinem Zimmer ein, malst düstere Bilder ...«

Mieke schaut mir in die Augen. »Was sollen wir machen?«, flüstert sie.

Ich zeige stumm auf meine Uhr, hebe fünf Finger und deute auf den Boden der Zelle. Um fünf Uhr hier!

»Geht es dir gut, mein Junge?«, fragt meine Mutter, als sie ins Aquarium kommt. Ich liege im Bett, Zähne geputzt, Schlafanzug an. Sie streicht mir über den Kopf. Irgendwie spürt sie, dass es ein besonderer Abschied ist.

»Ja«, sage ich, »denke schon.« Ich starre an die Decke auf meine Fischmodelle. ›Ihr seid nur aus Pappmaché.‹

»Bist du nicht wütend wegen des U-Boots?«

Nein, ich bin nicht wütend. Meine Eltern haben nicht das Geld, es zu kaufen. Es führt kein Weg an der Vernunft vorbei. Zumindest kein vernünftiger.

»Alles gut!«, sage ich und lächle meine Mutter an. Es ist wichtig, dass man nicht im Groll voneinander scheidet. »Bis bald.«

»Bis bald?«, fragt meine Mutter. »Machst du eine Reise?«

»Nur so im Traum«, sage ich schnell und drehe mich zur Seite.

»Was hast du denn da in der Hand?«, fragt sie.

Mir fährt ein Schreck durch die Glieder. Der Kompass! Ich habe so lange mit ihm rumgespielt, dass ich ihn gar nicht mehr bemerkt habe.

»Damit ich besser einschlafen kann«, stammele ich ziemlich nervös und komme mir vor wie ein sehr seltsamer Sohn.

Unten klingelt das Telefon. Meine Mutter lässt es klingeln. Ihre Hand ruht auf meinem Arm. Ich höre, wie mein Vater drangeht. Mein Herz schlägt so laut, als wollte es mich verraten. Ich zwinge mich, nicht zum Rucksack hinüberzuschielen, der an meinem Schreibtisch lehnt.

Endlich gibt mir meine Mutter einen Kuss auf die Stirn. »Na dann gute Reise, mein Großer!«

»Gute Nacht«, sage ich und warte, bis sie aus dem Zimmer ist. Schnell springe ich auf, stopfe den Kompass in den Rucksack zu den anderen Sachen und schlüpfe wieder unter die Decke.

Später kommt mein Vater hoch. Er hat lange telefoniert.

»Du hast uns ja gar nicht gesagt, dass du Christoph im Krankenhaus besucht hast.« Besorgt lässt er sich auf meiner Bettkante nieder.

»Ich darf ja nicht von ihm reden«, antworte ich trotzig.

»Das stimmt doch nicht.« Mein Vater druckst nervös herum. »Wie ging es ihm? Ich meine, hast du irgendwas Ungewöhnliches bemerkt?«

»Nein«, behaupte ich. »Er war ganz normal.« Mein Herz pocht schon wieder wie ein wütender Untermieter. »Übernormal normal«, füge ich vorsichtig hinzu.

»Hat er gesagt, dass er abends noch irgendwo hinwollte? Sie suchen ihn.« Mein Vater starrt ins Leere.

Mir wird heiß unter der Decke. Sag jetzt nichts Falsches! »Wir saßen im Krankenhausgarten. Er hat kaum geredet. Und spazieren gehen wollte er auch nicht.«

Mein Vater schüttelt den Kopf. »Wahrscheinlich gönnt er sich eine Auszeit in irgendeiner Kneipe. Sie werden ihn sicher bald finden.«

»Suchen sie ihn denn mit der Polizei?« Ich versuche, das Zittern in meiner Stimme zu überspielen.

»Keine Ahnung. Vermutlich.« Mein Vater tut so, als sei das keine große Sache. Aber ich merke, wie sehr er sich beherrschen muss. »Er taucht schon wieder auf«, spricht er sich selbst Mut zu. »Gute Nacht, mein Sohn.«

Auf einmal tut er mir furchtbar leid. Wie gern hätte ich ihm gesagt, wo sein kleiner Bruder ist. Ich ziehe mich mit beiden Händen an seinem Kopf hoch und gebe ihm einen Kuss auf die Stirn. »Gute Nacht, mein Vater.«

Darauf ist er restlos verwirrt. Er sucht den Weg zur Tür, stößt mit der Stirn gegen den Beilfisch, dreht sich noch mal um und sagt mehr zu sich selbst: »Mach dir keine Sorgen. Christoph passiert schon nichts. Eher geht die Welt unter. Das war schon immer so.«

Genau das habe ich inzwischen begriffen. Deswegen kann ich ja auch nicht auf ihn verzichten.

Man beginnt eine Weltreise nicht am Tag. Man beginnt eine Weltreise im allerfrühesten Morgengrauen, wenn der Nebel über den Wiesen steht, die Bäume träumen und die Häuser unter blauen Schattenhauben ruhen. Wir sitzen zu dritt auf Miekes Pferd und schaukeln den Soliner Berg hinunter, in die weite Ebene hinab. Am Horizont dämmert es bereits.

Onkel Christoph schwankt, eingeklemmt zwischen Mieke und mir, bedenklich hin und her. Mieke lenkt das Pferd und ich sitze hinten mit dem Rucksack auf dem Rücken und habe meine Arme eng um Christoph geschlungen. Eigentlich, um mich an ihm festzuhalten. Tatsächlich ist er es, den ich festhalten muss. Das ist ziemlich anstrengend.

Sein Bauch gluckert. Vielleicht hätten wir mit dem Müsli besser bis nach der schaukeligen Reiterei gewartet. Aber ich dachte, er muss was essen vor der weiten Reise. Außerdem brauchte er ein Gegengift gegen die Medikamente. Die kämpfen jetzt gegen die Sardellen.

Wir haben den Berg hinter uns gelassen. Der Rucksack lastet schwer auf meinen Schultern. Er ist vollgepackt mit

Proviant, dem Seeatlas und dem Kompass. Sogar meinen Zirkel habe ich dabei. Kapitäne haben so ein ähnliches Ding. Damit navigieren sie auf den Seekarten. Das habe ich in alten Piratenfilmen gesehen. Ich weiß nicht, wie das geht, aber vielleicht weiß es Onkel Christoph.

In Christophs Bauch blubbert es. »Warum nehm' wir nich' 'n Bus?«, beschwert er sich mit verwaschener Stimme.

Es war Miekes Idee. Falls die Polizei Straßen und Bushaltestellen kontrolliert, sind Reitwege eine gute Ausweichmöglichkeit. Das kann ich Christoph nicht erklären, sonst dreht er durch. Er denkt immer noch, wir würden ihn zurück ins Krankenhaus bringen. Als wir ihn heute Morgen weckten, hatte er Angst, das Abendessen zu verpassen.

Wir schauen uns um. Das Pferd trägt uns zwischen Krüppelweiden und eingezäunten Wiesen dahin. Eine unbewegliche Schar schottischer Hochlandrinder bewacht mit ihren weit gebogenen Hörnern den Nebel. Langsam färbt sich der blaue Horizont rosa. Die Mondscheibe verblasst.

»Wie spät isses?«, nuschelt Christoph.

An einem Brunnen auf einem kleinen runden Dorfplatz machen wir halt. Inzwischen ist es hell geworden. Die Vögel zwitschern, aber die Straßen sind immer noch wie ausgestorben. Das Pferd säuft und wir füllen am Brunnenhahn unsere Wasserflaschen nach. An der Ecke gegenüber duftet es nach frischen Backwaren aus einer erleuchteten

Bäckerei. Ein Mann in weißer Schürze steht vor der Tür, hat eine Pfeife im Mund und starrt uns mit unbeweglicher Miene an.

Onkel Christoph wankt auf ihn zu. Eilig folgen wir ihm. »'tschuldigung«, fragt Christoph, »wo geht's 'n hier zur Zychatrie?«

»… er meint den Hafen«, fällt Mieke ihm ins Wort.

Christoph schaut stirnrunzelnd zu Mieke. Der Mann pafft kleine Wölkchen in die frische Morgenluft. Dann zeigt er erst in die eine Richtung, »Hafen …«, danach in die andere, »… Psychiatrie.«

Als wir uns mit dem Pferd auf den Weg zum Hafen machen, protestiert Christoph schwach. »He! Falsche Richtung!« Zum Glück reichen seine Kräfte nicht zu nennenswerter Gegenwehr.

Hinter den Büschen ist schon das Meer zu sehen, als wir erneut haltmachen und vom Pferd steigen.

Den Geräuschen nach zu urteilen, befindet sich der Kampf in Christophs Bauch zwischen Sardellen und Medizin in der finalen Phase. Die Sardellen siegen. Christoph übergibt sich in einen Mülleimer.

»Verkatert?«, ruft jemand von hinten. »Hering hilft.«

Wo kommt plötzlich die Fischbrötchenbude her? Vor ihr stehen zwei Polizisten mit dampfenden Kaffeebechern und kauen fröhlich ihre Brötchen. Direkt neben der Bude parkt ein Polizeiauto. Jetzt ist alles aus. Erstarrt warte ich auf unsere Verhaftung.

Einer der Polizisten kommt auf uns zu und wendet sich an Onkel Christoph. »Passen Sie mal gut auf Ihre Kinder auf. Hier soll ein Mann rumlaufen. Ist aus der Psychiatrie ausgerissen. Statur so ähnlich wie sie. Allein unterwegs. Ist er Ihnen zufällig begegnet? Auffälliges Verhalten? Verwirrt, desorientiert?«

Christoph schielt sehnsüchtig zum Polizeiauto mit seinen gemütlichen Rücksitzen. »Aus der … Psychiatrie?«, nuschelt er. »Is' der Mann gefährlich?«

Der Polizist winkt ab. »Scheint harmlos zu sein. Braucht vermutlich Hilfe.«

Christoph stiert den Polizisten an. Seine Augen flackern unheilvoll. »Wahnsinn …«, murmelt er.

Der Polizist runzelt die Stirn.

»… Tod und Untergang«, raunt Christoph.

Der Polizist mustert ihn skeptisch.

»Papa«, sage ich und zerre an Christophs Hand, »wir wollen weiter. Du wolltest uns doch den Wahnsinn … ich meine, den todwahnsinnigen Sonnenuntergang … also, den Aufgang über dem Meer zeigen.«

Wir stolpern davon.

»Fangen Sie den Mann!«, ruft Christoph.

Mieke zieht das Pferd, ich zerre meinen Onkel. Erst hinter der nächsten Ecke, als ich die Straße zum Hafen erkenne, atme ich wieder normal. Nur noch ein paar Hundert Meter, dann haben wir es geschafft.

Kein Zurück

Mieke bindet ihr Pferd vor der Werft auf einem Fleckchen mit saftigem Gras an einem Zaunpfahl an, klopft ihm den Hals und flüstert ihm zu, dass wir bald wieder zurück sind. Ich bin mir da nicht so sicher. Wird schon ein Weilchen dauern bis ans andere Ende der Welt und wieder zurück. Ich versuche, im Kopf zu überschlagen, wie viele Grashalme das Pferd pro Tag zur Verfügung hat. Könnte knapp werden. Aber sobald wir an Dänemark vorbei sind, können wir Miekes Eltern schreiben, dass sie das Pferd abholen sollen.

Mieke und ich hieven den Rucksack über das verschlossene Tor. Dann klettern wir hinterher. Onkel Christoph schaut uns verwundert zu. »Das ist nicht das Krankenhaus«, murmelt er. »Was macht ihr da? Kommt zurück!« Er steht vor dem Gitter wie vor einer Tafel voller hoch komplizierter Matheaufgaben.

»Schnell«, sage ich zu Mieke, »wir brauchen eine Leiter, sonst schafft er es nicht.« Wir laufen hinter eines der Werftgebäude und finden dort immerhin einen Holzschemel. Am Tor klappert und scheppert es, dann kommt Christoph uns humpelnd und fluchend entgegen.

»Seid ihr wahnsinnig?«, schimpft er. »Das ist Privatgelände. Ich muss zurück! Die suchen nach mir!«

Ich laufe zur Montagehalle und schaue durch ein Fenster. Die Hebebühne ist leer. Niemand zu sehen. Ich laufe hinüber zur Bootsgarage.

»Was wird das?«, fragt Christoph und folgt mir in die Garage.

Perle liegt im Wasser. Kleine Wellen platschen von unten gegen das Ruder am Heck. Ich öffne die vordere Kuppel, laufe zurück zu Christoph und zerre ihn mit. »Du gehst nicht zurück ins Krankenhaus. Du musst das U-Boot steuern.«

Christoph geht einen Schritt auf mich zu. »Mauritius.«

»Wenn du wieder normal unnormal geworden bist«, fahre ich fort, »wirst du alles verstehen. Kannst du dich denn nicht erinnern? Wahnsinn, Tod und Untergang! Wir erforschen die Tiefsee. Marianengraben, Bermudagraben …«

Christoph packt mich an beiden Armen. »Mauritius! Ich will nicht in die Tiefsee. Ich will zurück ins Krankenhaus.«

Ich reiße mich los. »Nein, willst du nicht! Du kannst gar nicht wissen, was du willst, solange du voller Medikamente bist!«

Christoph fegt mit den Armen durch die Luft. »Ich brauche meine Medikamente!«, donnert er. »Ich bin krank!« Mieke und ich zucken zusammen.

»Aber«, stottere ich, »das ist doch gut, dass du krank bist. Damit kannst du alles machen. Du kannst ein U-Boot kaufen, du kannst Herrn Freundlieb besiegen, alle Frauen wollen mit dir Kaffee trinken gehen und …«

»Die Krankheit ist nicht gut! Die Krankheit ist beschissen!«, fährt mich Christoph an. »Ja, wenn du manisch bist, fühlst du dich toll. Du bist der King. Keiner kann dir was. Du stolzierst durch die Welt, baust die größte Scheiße und freust dich auch noch drüber. Das ist zum Kotzen!«

»Medikamente sind zum Kotzen!«, brülle ich. »Die machen, dass du nur noch rumliegst!«

Christoph rauft sich die Haare. »Das kommt doch nicht von den Medikamenten. Das kommt, weil ich grad nicht manisch bin. Ich bin jetzt depressiv! Die Krankheit hat zwei Seiten, verstehst du? Das ist ja das Teuflische. Die manische Hälfte ist schon anstrengend genug, aber die andere Hälfte ist die Hölle! Hörst du? Die Hölle! Weißt du, was die Hölle ist? Herrgott, was rede ich, du bist ein Kind. Du hast keine Ahnung.«

Er sinkt erschöpft auf eine Bank an der Blechwand und starrt vor sich hin. »Du stehst nicht mehr auf, wenn du depressiv bist. Für nichts. Alles ist anstrengend. Alles. Du kannst über nichts mehr lachen und über nichts weinen. Das Leben fühlt sich an wie ein stumpfsinniges Gefängnis. Das ist die Hölle. Die kann ich nur mit Medikamenten ertragen.«

Auf einmal kommt mein Onkel mir vor wie ein fremder Mann. Ist alles, was ich über ihn gedacht habe, falsch? Ist alles ein Irrtum?

»Was ist mit Wahnsinn, Tod und Untergang?«, beharre ich. »Was ist mit deiner Musik?«

Christoph schüttelt den Kopf. »Glaubst du, ich habe auch nur einen Song geschrieben, während ich krank war? Im Gegenteil! Ich habe meine Musik vernichtet! Ich habe sie gelöscht! Erinnerst du dich nicht?«

Natürlich erinnere ich mich: an den Kaffee in der Tastatur, in meinem Matheheft, auf Sofa und Teppich. An die ganze Aufregung um die gelöschte Festplatte. Daran, dass er sich, ohne uns zu fragen, ganz in unser Leben eingefügt hat. Und jetzt steckt er drin in meinem Leben wie ein dicker Querbalken. Er kann sich nicht einfach wieder rausreißen – dann stürzt alles zusammen!

»Du hast selbst gesagt, du bist nicht verrückt, sondern die Welt ist verrückt!«, schreie ich.

»Hey«, sagt Christoph sanft. »Hey, Kollege …«

»Ich bin nicht dein Kollege! In Wirklichkeit bin ich dir egal!« Ich will es nicht, aber Onkel Christoph umarmt mich so fest, dass ich mich nicht wehren kann.

»Das stimmt nicht«, sagt er. »Das musst du mir glauben! Aber ich kann nicht … ich bringe das wieder in Ordnung. Ich verspreche es dir.« Er kramt in seiner Jacke und seiner Hosentasche. Vermutlich sucht er sein Handy. Aber er findet es nicht. »Ihr wartet hier«, sagt er schließlich und eilt fort. »Ich bin gleich zurück.«

›Er holt die Polizei‹, fährt es mir durch den Kopf. ›Er läuft zurück zum Fischbrötchenstand. Sie werden kommen und uns für Einbrecher halten! Sie werden im Rucksack nachsehen und den Proviant finden. Dann kommt alles raus. Dann werden sie denken, dass ich verrückt geworden bin, weil jedes vernünftige Kind weiß, dass man mit einem kleinen U-Boot keine Weltreise machen kann. Sie wissen ja nicht, dass es gar nicht so wahnsinnig ist, wenn man einen wahnsinnigen Onkel Christoph dabeihat. Aber wenn ich ihnen das erkläre, stecken sie mich hundertprozentig in die Psychiatrie. Dann wachse ich in der Irrenanstalt auf. Ich werde wie der Dicke am Eingang stehen, um Zigaretten und Kaugummis von wildfremden Besuchern zu erbetteln. Wenn ich Glück habe, kommt manchmal Mieke vorbei und schenkt mir einen Bleistift.‹

»Wir können ja ein andermal zum Marianengraben fahren«, versucht Mieke, mich zu trösten. »Komm, lass uns zum Pferd zurückgehen.«

Aber es gibt kein Zurück. Was denkt sie sich! Für mich wird es nur dieses eine Mal geben. Ich muss es ohne Onkel

Christoph schaffen. Ich hole meinen Rucksack, wuchte ihn durch die Öffnung auf den Sitz und löse die Stricke, mit denen Perle an den Metallbügeln am Rand des Beckens befestigt ist. Ich klettere auf den U-Boot-Rücken, steige in die Luke und beginne, das letzte Tau zu entknoten. Mieke sieht mir schweigend zu.

Der Knoten ist ungemein verschlungen. Er will sich einfach nicht lösen lassen. Immer wenn ich ihn gerade entwirrt habe, ziehe ich aus Versehen eine neue Schlinge um die Öse im Beckenrand. Aber endlich gelingt es mir doch. Jetzt verbindet mich nichts mehr mit dem Festland. Altes Leben, adieu! Mieke, adieu!

»Warte!«, ruft sie und springt auf den Bootsrücken. »Ich komme mit!«

Mein Herz hüpft mir in den Hals. Mein ganzer Körper wird von einer frischen Portion Wahnsinn überschwemmt. Schaukelnd treibt Perle vom Rand des Beckens fort. Mieke zwängt sich an mir vorbei durch die Luke. Ich hole die Leine ein, schließe die Glaskuppel und mache sie dicht.

Mieke schaut auf die vielen Knöpfe, Hebel und Schläuche vor, über und neben dem Sitz. Sie zittert vor Aufregung. »Kannst du das überhaupt fahren?«, fragt sie.

Keine Ahnung, ob ich das kann. Aber ich weiß, wie es gehen müsste. Hat mir alles Onkel Christoph gezeigt. Lange nachdenken kann ich jedenfalls nicht. Wir müssen weg. Also setze ich mich hinters Steuer, stecke den

Schlüssel ins Zündschloss und schalte den Stromkreislauf ein. Das Wasser unter der Garage beginnt zu leuchten. Ich lege meine Hand auf den Hebel zum Abtauchen und atme tief durch. Alles wird gut. Ich prüfe noch einmal, ob die Kuppeln fest verschlossen sind, dann lege ich den Hebel um. Lautlos sinken wir.

Perle taucht

Das Meer umschließt die Erdkugel wie eine nasse Hand mit Millionen Fingern. Im Inneren eines dieser Finger ziehen wir nun mit elektrischem Säuseln los. Wir sind unter dem verschlossenen Garagentor hindurchgetaucht. Zweimal ist Perle im Schlick am Boden des Hafenbeckens entlanggeschrammt. Aber es ist zum Glück nichts passiert.

Alles ist sehr sanft und leise. Ich umklammere den Steuerhebel. Ich muss versuchen, die richtige Tauchhöhe zu erreichen. Über uns liegen weiße Bootsleiber im Wasser. Beiboote schaukeln wie Entenkinder daneben. Verschwommen wabern Aufbauten und Masten in dem Reich dort oben über der wackeligen Wasserhaut. Wir fahren Slalom um die bewachsenen Ankerketten herum.

Am Ende des Beckens drehe ich auf seine Öffnung zu. Ein Motorboot fährt über unsere Köpfe weg, seine Schiffsschraube quirlt ein Sprudelband unter die Wellen. Dann passieren wir das breite Tor und streben hinaus in die offene Ostsee.

Mieke und ich schweigen. Das Licht der Scheinwerfer erfasst eine Qualle, weiter entfernt dreht ein großer Fisch gemütlich zur Seite ab. Unter uns senkt sich der Meeresgrund gemächlich immer weiter ab. Es wird trüber. Rechts und links ist nichts. Kein Halt, keine Orientierung, nur weite Sandbuckel.

»Wo müssen wir lang?«, wispert Mieke nach einer Weile.

»Richtung Dänemark«, antworte ich leise.

»Wo ist das?«

Vor uns Blaugrün. Oder Grünblau.

»Guck im Atlas«, flüstere ich, »im Rucksack.«

Mieke kramt den Atlas hervor und blättert ihn auf, froh darüber, sich an einem Gegenstand aus der Oberwelt festhalten zu können. »Ich glaube, du musst mehr links«, meint sie schließlich. »Aber vielleicht auch noch nicht, sondern erst später.«

Ich lasse Perle auf den Grund sinken. Wir parken neben einer aufgeschreckten Flunder, die sich direkt vor unserer Nase im Sand eingräbt.

Ich studiere den Seeatlas. Die Karten beruhigen mich. Sie behaupten, die trübe Unendlichkeit, durch die wir trudeln, habe eine bekannte, völlig erforschte Form. Jetzt könnte man Kompass und Zirkel zurate ziehen. Ich hole beides aus der Tasche.

Mieke schaut mir bewundernd zu. Sie glaubt vermutlich, dass ich weiß, was ich tue. Dabei habe ich keinen blassen Schimmer. Ich lasse den Zirkel mit seinen spitzen Beinen einfach ein bisschen über die Karte wandern, quer durch das Gewirr der dänischen Inseln. »Wir müssen zwischen Langeland und Lolland durch«, sage ich fachmännisch. »Oder durch den Öresund.« Aber ich merke, wie der Mut aus mir herausfließt.

Ratlos schalte ich den Motor wieder ein. Die Schiffsschraube wirbelt Sand auf, sonst geschieht nichts. Ich versuche es noch einmal. Perle schwankt hin und her, bis die Schraube mit einem hässlichen, dumpfen Krachen stockt und sich nicht mehr bewegt.

»Was ist los?«, fragt Mieke ängstlich.

Ich antworte nicht. Mein Magen dreht sich. Wir sitzen fest. Die Schiffsschraube hat sich in irgendetwas hineingefressen. Und ich habe keine Ahnung, wie lange der Sauerstoff an Bord reicht.

Das hier ist kein Gartenteich. Das hier ist der Schwarze Schlinger. Und ich bin zu schwach, um uns hier rauszuholen.

»Tut mir leid«, murmele ich. »Ich bin nicht wie mein Onkel.«

»Weiß ich«, sagt Mieke. »Du bist das totale Gegenteil. Das ist doch genau das, was ich mag.«

Ein letzter Versuch, beschließe ich, bevor wir gemeinsam untergehen: Ich starte den Motor und bewege das Ruder heftig in alle Richtungen. Die Schraube kämpft, etwas splittert, es knackt, Holzstückchen treiben in einer Sandwolke von hinten an uns vorbei und vernebeln die Sicht.

Ich reiße schnell den Hebel hoch. Die Tauchkammern füllen sich mit Pressluft. Während Perle taumelnd aufsteigt, sehen wir unter uns, in was sich die Schiffsschraube verbissen hatte: Morsche Planken ragen aus dem Grund und weiter vorne schiebt sich unter einem gebrochenen Mast ein breiter Schiffsbug aus dem Meeresboden.

Dann brechen wir durch die Wasseroberfläche. Ich stoße die Kuppel auf. Frische Luft strömt ein. Das U-Boot schaukelt auf den Wellen. Vor uns unendlich viel Wasser. Nirgends Lolland in Sicht. Ich wende mich um und ächze, als ich das Ufer sehe.

»Ist das schon Dänemark?«, fragt Mieke.

»Nein«, stöhne ich, »das ist der Hafen.«

Wir sehen uns an, und ohne ein Wort sagen zu müssen, haben wir beide den gleichen Gedanken: Wir schaffen es heute nicht mehr bis zum Marianengraben.

Während ich noch überlege, kommt ein Polizeiboot aus der Hafeneinfahrt geschossen.

»Abtauchen!«, befiehlt Mieke.

Hastig schließen wir die Kuppel und sinken, so schnell es geht, zurück in die schützende Tiefe. »Licht aus!«, kommandiert Mieke. »Und zurück in die Garage! Wir tun einfach so, als wären wir nie weg gewesen.«

Vorsichtig fahren wir dicht über dem Boden zurück ins Hafenbecken. Im Schatten ankernder Boote stehlen wir uns zur Bootsgarage, schlüpfen unter dem Tor hindurch und tauchen langsam auf. Behutsam öffnen wir die Kuppel und lauschen. Von draußen dringen aufgeregte Stimmen zu uns. Mir zittern die Hände, als wir an Land gehen und Perle eilig vertäuen. Dann huschen wir ins Freie.

An der Spitze der Kaimauer stehen unsere Eltern, Onkel Christoph, U-Boot-Udo und starren hinaus aufs Meer. In der Ferne kreuzt das Polizeiboot. Leise nähern wir uns der Gruppe von hinten, bis Mieke sich nicht mehr bremsen kann. »Im Marianengraben liegt ein Schiff! Millionen Jahre alt!«

»Mauritius! Mieke! Was …?« Meine Mutter wirbelt herum und stößt gegen meinen Vater. Mit einem Schrei stürzt er ins Wasser.

»Stefan!«, kreischt meine Mutter.

»Stefan!«, brüllt Onkel Christoph und springt ins Hafenbecken.

»Nein, Christoph! Nicht!«, ruft mein Vater.

»Mauritius!«, prustet mein Onkel.

»Mieke, mein Miekelein!«, schrillt Miekes Mutter, stürzt auf Mieke zu und droht, sie in ihren Armen zu zerquetschen.

Meine Mutter schnappt mich und zerquetscht mich ebenfalls, U-Boot-Udo sprintet los und holt einen Rettungsring.

Und dann stehen sie hinter uns: die Fischbrötchenpolizisten.

Zitronenlimo

Es war dann alles gar nicht so schlimm.

Als die Fischbrötchenpolizisten den völlig durchnässten Onkel Christoph festnehmen wollten, behauptete U-Boot-Udo, er habe nach Arbeitsschluss vergessen, das Tor abzuschließen. Insofern liege kein Einbruch vor. Vermutlich wäre es einfach so gewesen: Onkel und Kinder hätten zufällig neben der Werft eine Rast eingelegt. Und als der Onkel dann kurz einmal hinter den Büschen verschwinden musste, hätte ich meiner kleinen Freundin das U-Boot zeigen wollen und mir nichts dabei gedacht. Weil ja alle Türen offen standen und es offiziell zweifelsfrei auch noch mir gehörte. Meine Eltern müssten es nur noch bezahlen. Udo lächelte meine Eltern an. Meine Eltern fingen an zu zittern. Schwarze Löcher tauchten in ihren Augen auf.

Die Fischbrötchenpolizisten beschwerten sich: In Onkel Christophs Version habe sich das völlig anders angehört. Er habe sie wegen zweier durchgebrannter Kinder zu Hilfe geholt. Von einem Einbruch sei die Rede gewesen und einer Flucht mit einem gestohlenen U-Boot zum Marianengraben. Aber da machte Mieke den beiden mit eindeutigen Gesten klar, dass mein Onkel nicht ganz dicht sei.

Woher ich denn überhaupt U-Boot fahren könne, wollte der zunehmend verwirrte Fischbrötchenpolizist wissen.

»Ich habe es ihm gezeigt«, sagte Onkel Christoph reumütig. »Trockenübung! Ich konnte ja nicht wissen, was für ein mutiger Abenteurer in dem Jungen steckt.«

»Und woher können Sie das?«

»Von der Probefahrt«, erklärte U-Boot-Udo. »Ich konnte ja nicht wissen, dass der Herr psychisch krank ist.«

Die Polizisten knurrten. Ihnen fiel gerade kein Gesetz ein, wonach psychische Krankheiten und Abenteuermut verboten waren.

Sie begleiteten zusammen mit meinen Eltern und mir meinen wahnsinnigen Problemonkel zurück in die Psychiatrie. Es gab kaum Ärger, weil sich alle kranklachten.

Das Schiff, in dem sich Perles Schraube verkeilt hatte, ist übrigens ein Wikingerschiff, das über Jahrhunderte im Sand vergraben war. Der Reporter wunderte sich nicht wenig, als ich schon wieder vor ihm stand. *Fortgesetzter*

Wahnsinn in Groß-Solin, titelte die Zeitung, *U-Boot-Rodler entdeckt historisches Wrack*. Die U-Boot-Firma war hocherfreut über den Bericht und organisierte einen Fototermin mit mir und Perle.

Das Wikingerschiff steht jetzt im Museum. Bei der Einweihung waren Mieke und ich Ehrengäste. Sogar der Ministerpräsident kam. Herr Freundlieb lief begeistert auf ihn zu, schüttelte ihm die Hand und fragte, was jetzt mit der Gartenteich-Olympiade sei. Der Ministerpräsident hielt ihn an der ausgestreckten Hand weit von sich. »Ich bin die Goldmedaille«, beharrte Herr Freundlieb, »also die zukünftige, hat Ihnen das Ihr psychisch kranker Neffe nicht erzählt? Wo ist er denn schon wieder?«

Wir sind jetzt so etwas wie berühmt. Jedenfalls, wenn man sich die Menschenschlange ansieht, die sich über die gesamte Kaimauer im Hafen erstreckt. Das ist eine gute Geschäftsgrundlage.

Es ist nämlich so: Für Perle hat sich ein Käufer gefunden, der ein großes touristisches Potenzial in unterseeischen Hafenrundfahrten gewittert hat. Der Käufer sitzt mit Sonnenhut, Bierflasche und offenem Hemd neben mir auf einem Liegestuhl und sieht gemütlich zu, wie Mieke und ich an einem Campingtisch Tickets verkaufen. Auf seiner Brust sonnt sich ein brüllender Tiger. Es ist Onkel Christoph. Seit ein paar Wochen ist er aus dem Krankenhaus entlassen und hat sich sofort in sein nächstes neues Leben gestürzt. Er wohnt nicht weit von uns entfernt auf einem Ökobauernhof. Irgendwie hat er es geschafft, alle davon zu überzeugen, dass er wieder völlig gesund ist und mit Perle reich werden wird. Sogar die Bank hat ihm Geld gegeben.

Alle stehen sie dort, auch die drei Blöden, und wollen eine Runde mit Perle fahren. Manche sind allerdings eher wegen Onkel Christoph gekommen. Am Ende der Schlange sehe ich den Pferdeschwanz der Polizistin, die Onkel Christoph ihre Nummer gegeben hat. Dort vorne steht die Pflegerin mit der Eidechse am Hals und weiter hinten winkt Frau Jansen. Sie hat Mieke und mir eine ganze Stunde Deutschunterricht zur Verfügung gestellt, damit wir erzählen konnten, wie es unter Wasser war. Mieke hat die gesamte Tiefsee in ihren Bericht geflunkert.

Die drei Blöden wollten wissen, ob ich Mieke im U-Boot geknutscht hätte. Da ließ ich sie wieder in einer Reihe antreten und tat so, als wollte ich Dennis küssen. Er schreckte zurück, prallte gegen Luke, Luke prallte gegen Ole und der flog ins Wasser. Und ich schlürfe an meiner Limo. Zitrone. Mit viel Eis.

Natürlich darf bei der Hafenrundfahrt der Abstecher zur Fundstelle des Wikingerschiffs nicht fehlen. Seltsamerweise liegt dort seit Kurzem ein Skelett. Onkel Christoph behauptet, es handele sich um den Kapitän, der bei den Bergungsarbeiten aus dem Sand hervorgespült worden sei. Nun würde er jede Nacht spuken und an Land kommen, um nach seinem Wrack zu suchen. Komisch nur, dass vor einigen Tagen das Skelett aus unserem Bioraum verschwunden ist.

»Du bist nicht zufällig in letzter Zeit an unserer Schule vorbeigekommen?«, frage ich Christoph.

Er zwinkert mir zu. »Nee. Ich war nur in einer sehr weit entfernten Teestube lange Tee trinken.«

Als es dämmert, fahren er, Mieke und ich noch eine Erkundungsrunde. Es ist unglaublich, was man am Grund eines Hafenbeckens so alles finden kann: einen Rasenmäher, Einkaufswagen, eine muschelüberwucherte Kloschüssel und ein Paar Skier. Am liebsten aber mag ich es, wenn der Abend kommt, die Boote ruhen und das Wasser glatt wird. Dann gehört der Hafen den Fischen.

Wir schließen die Luken und tauchen ab. Ich steuere Perle in die Mitte des Hafenbeckens, lasse sie dort auf den Grund sinken und schalte das Licht aus. Nach einer Weile wandert ein Krebs mit aufgerichteten Scheren einige Meter vor Perles Glasnase seitlich über den Hafenboden. Weiter hinten schnappt ein großer, dunkel gefleckter Fisch nach einer algenbewachsenen Ankerkette. Und dann kommen sie alle. Ein ganzer Fischschwarm, Meeresschnecken und sogar eine Wasserschlange. Sie trauen sich in die Mitte ihrer kleinen Welt und schwimmen um Perle herum, als wollten sie den neuen Bewohner kennenlernen. Allmählich wird es dunkler und immer dunkler, bis kein Lichtschimmer mehr bleibt. Ich sinke tiefer hinab und noch tiefer und dreimal tiefer. Dort leuchtet die kleine Laterne, treu und zuverlässig.

»Guten Abend, Herr Glimm«, sage ich.

»Guten Abend, Mauritius«, raunt Herr Glimm. »Hast du mir was mitgebracht?«

Ich schüttele den Kopf. »Ich wollte nur gucken, ob du noch da bist.«

»Für dich bin ich immer da«, raunt Herr Glimm.

»Auch, wenn ich dir nichts mehr zu fressen gebe?«

Herr Glimm lächelt. »Das brauchst du nicht. Ich komme alleine klar. Und jetzt mache ich erst mal einen kleinen Urlaub.«

»Natürlich«, sage ich. »Wo geht's denn hin?«

Herr Glimm grinst so breit, wie nur jemand grinsen kann, der fast nur aus Maul besteht. »Marianengraben«, sagt er, grüßt und schwimmt davon.

Ich tauche auf und drehe den Zündschlüssel um. Mit Vollgas hinaus in die offene Ostsee.

Ulrich Fasshauer wurde 1973 in Köln geboren. Nach seinem Zivildienst in einer psychiatrischen Klinik studierte er Theater-, Film- und Fernsehwissenschaft in Köln und Paris und arbeitete anschließend als Dozent an der Universität zu Köln. Bereits vor der Geburt seiner Tochter begann er, sich für Kinderliteratur zu interessieren. Heute lebt er in Berlin, schreibt Kinder- und Jugendbücher und lektoriert Drehbücher.

Regina Kehn studierte Illustration an der Hochschule für Gestaltung in Hamburg. Sie arbeitet als freie Illustratorin für Zeitschriften und Kinderbuchverlage. Für ihre Illustrationen wurde Regina Kehn mehrmals für den Deutschen Jugendliteraturpreis nominiert und erhielt 1996 die Bronzemedaille in der Sparte Illustration vom Art Directors Club. Sie lebt mit ihrem Mann und ihren beiden Töchtern in Hamburg.

»Jungs ab zehn werden's lieben!«
Hamburger Morgenpost

€ 13,95 (D)/€ 14,40 (A) • ISBN 978-3-86429-198-2

Cornelius Spacko alias Conny hat Kohldampf. Seit drei Monaten treibt das Raumschiff seines Vaters, die RS Rumpel, nun durch den Weltraum und in den Kühlschränken an Bord herrscht gähnende Leere. Zum Glück taucht bald ein wildfremder Planet auf. Doch zu früh gefreut: Die Bewohner dieses Planeten sind fiese Zombies, die alles andere als gastfreundlich sind!

»Witziger und abgefahrener Weltraum-Spaß mit vielen Comics, der sprachlich und inhaltlich genau den Nerv seiner Zielgruppe trifft.«
familien-welt.de

»Herrlich abgedreht und witzig erzählt.«
rbb, quergelesen

€ 13,95 (D)/€ 14,40 (A) • ISBN 978-3-86429-257-6

Cornelius Spacko alias Conny langweilt sich fast zu Tode. Nichts, aber auch rein gar nichts passiert auf der kaputten RS Rumpel! Da versperrt ihnen plötzlich ein riesiges Raumschiff den Weg. An Bord: Amys Labrox-Bruder Tsching, Kapitän und Herrscher des Reiches Egozentrius Maximus. Amy weiß sofort: Tsching führt Böses im Schilde. Doch keiner glaubt ihr. Aber was, wenn Amy recht hat?

»Cooler Mix aus Comic und Text – überzeugt auch notorische Nichtleser!« **Focus Spezial**

Ein rasantes Dschungelabenteuer!

€ 12,95 (D)/€ 13,40 (A) • ISBN 978-3-86429-153-1

Kurt, Sandro und Tilda dürfen die Sommerferien bei Kurts Mutter in Surinam verbringen! Im Dschungel warten skrupellose Goldgräber, eine mysteriöse Hexe und andere schräge Gestalten auf sie. Und sie alle scheinen Jagd auf den magischen Diamanten zu machen, der unendliche Kräfte verleiht ...

»Antje Herden erzählt in atemberaubendem Tempo ...« **Schwarzwälder Bote**

»Extrem spannend, etwas gruselig und mit viel Humor erzählt.« Die Welt

€ 12,95 (D)/€ 13,40 (A) • ISBN 978-3-86429-199-9

Kurt, Sandro und Tilda haben keine Lust mehr, die Welt zu retten. Aber dann wird die Stadt von unheimlichen Beben heimgesucht. Spätestens als ein seltsamer Mann mit altmodischem Anzug und Hut ausgerechnet Kurts Brille klaut, ist den Freunden klar, dass das nächste Abenteuer auf sie wartet. Heimlich folgen sie dem Fremden in einen alten Klavierladen ...

»Ein fesselndes und kurzweiliges Zeitreise-abenteuer ...« **BÜCHER Magazin**

FSC
www.fsc.org
MIX
Papier aus verantwortungsvollen Quellen
FSC® C014496

1. Auflage 2017
Text: Ulrich Fasshauer
Vermittelt durch die Agentur
Charlotte Larat rights & audio Heidelberg – Strasbourg
Coverillustration: Regina Kehn
Lektorat: Sylvia Heinlein
Umschlaggestaltung: Anette Beckmann
Layout und Satz: www.lenaellermann.de
Druck: GGP Media GmbH, Pößneck
ISBN 978-3-86429-367-2